瑞蘭國際

瑞蘭國際

あなたもできる航空、旅行日本語

誰都學得會的

航空・旅遊日語

陳姿菁 著

作者序

您是否在尋找：

1.針對未學過日語的學習者所設計的航空日語相關書籍？

或者是，

2.基礎的航空、旅遊日語的相關書籍？

又或者是，

3.不同於一般教科書硬梆梆，能貼近實際生活、能立即應用的日語書籍？

還是，

4.能輕鬆引領自己進入日語世界，乃至可以到日本旅遊的書籍？

本書之問世乃緣於筆者在大學開設「航空日文」的課程時，發現市售相關教材之設計，多以有日語基礎能力的學習者為前提，沒有為「未學過日語」並且對「航空業」有興趣的學習者所設計的教材。

為了上述有特殊目的以及學習需要的學習者，筆者在學習內容上選取能引發學習動機的話題，編寫上也儘量採取「專業語言教學」（teaching language for specific purposes）的觀點來編寫，希望能兼顧日語的基礎學習，及提供於航空業就業時所需的基礎日語，因此，本書和一般的基礎日語教材不同。

本書分為二部分，第一部分為基礎日語學習，主要訓練學習者熟悉日語的發音和表記。為了引發學習興趣，內容包含了日本旅遊的熱門地點，以及在台語中出現的日語用法等。第二部分逐漸導入和航空業相關的課題，除了加強基礎日語的學習外，部分內容特別鎖定航空業從業人員會用到的日語，有航空公司名稱、機場基本用語、登機廣播、機艙點餐等，兼顧了喜歡旅遊或對航空業有興趣者的需求。

本書的設計理念融合了逆向設計（backward design）、「Can-do（can-do statement）」、前導組體（advance organizer），以及「5＋5」的概念。逆向設計意指先決定學習目標，再來制訂檢核是否達成學習目標的評量，最後才設計活動內容。也因此每課課後都有「自我評量表」以及「自我紀錄」，讓學習者可以自我檢視自己的學習成效。「Can-do」是歐洲共同語言參考架構（Common European Framework of Reference for Language，簡稱 CEFR）對語言能力和策略描述的方式，具體地指出能用語言做什麼。學習目標以及「自我評量表」都以這個概念來描述。而前導組體指的是學習前先給予提示（如課文中的「聊聊看」），讓學習者能更容易理解接下來要學習的內容。至於「5＋5」則是當作靖彥教授（2013，2015）¹以第二語言習得的觀點所提出的教學步驟。他認為語言學習首先應給予大量的輸入與刺激，因此針對語彙和文法學習提出了「語彙提示‧導入→輸入活動→玩語言遊戲→輸出→文法導入」五個步驟。本書課程順序「學習目標→聊聊看（學習課題的提示）→聽聽看（輸入練習）→寫寫看（輸出練習）→說說看（輸出練習）→句型（文法導入）→綜合練習」即參考上述概念所設計。

如果你未學習過日語，或是喜歡旅遊，又或是對航空業有興趣，歡迎你打開本書，一起遨遊天際與世界各地！

2021 年 12 月 1 日

1　當作靖彥 (2013)「日語教師如何連貫『指導→學習→評量 (語言認證)』」，J-GAP TAIWAN 第 16 回例會工作坊資料，2013 年 6 月 25 日 -27 日，台北，台灣。
　　當作靖彥（2015）「『新しい指導要領に基づく中等教育の日本語教師養成リーダー研修』」，J-GAP Taiwan 第 33 回例會工作坊資料，2015 年 7 月 14 日 -7 月 16 日，日月潭，台灣。

本書使用方法

學習內容

　　本書適合沒有日語基礎的學習者學習。全書分為兩個部分，第一部分為基礎日語的學習，第二部分有航空服務的相關內容，而航空專業的部分重點在於能認識相關詞彙、看稿念出相關資訊、或是以簡單的日語進行最基本的服務。若是學校的相關科系，授課老師視需求，可以當作一學年的學習內容，也可以延伸學習，加深加廣，當作兩個學年的學習內容。而即使是以旅遊為目的的學習者，也可以藉由課程中提到的旅遊的相關部分加以延伸、應用。

課程目標

　　第一部分是基礎的日語學習，重點在熟悉假名。第 1 課到第 7 課將假名寫成羅馬拼音是為了讓學習者熟悉日語發音。第 8 課以後，對於不熟悉的假名才需要寫成羅馬拼音，以便加強記憶。如果已經熟悉假名的學習者，則可省略羅馬拼音的部分。

　　第二部分中的第 15 課、第 16 課、第 17 課、第 23 課，為航空服務的相關日語學習。其中，第 15 課、第 16 課為登機廣播，學習目標設定為有五十音基礎的學習者能看著日語稿廣播。而第 23 課的機艙點餐，有五十音基礎的學習者，可以將學習目標設定為能學會基礎的點餐單字；進階的學習者，可以將學習目標設定為能學會點餐的句子；若是想學會更進一步表達的學習者，則可以將學習目標設定為能使用禮貌的說法點餐。不管是在航空業就業，亦或是到日本旅遊，都能透過本書的學習，得到相關的基礎能力。

學習方法

　　考量課程安排以及學習進度的彈性，第 1 課、第 2 課、第 6 課的單字或活動中，標題有標示「（一）」、「（二）」的部分。意味可以將「（一）」、「（二）」視為獨立的活動，也可以混合學習或練習。使用方法的說明，請參考該課的小補充。

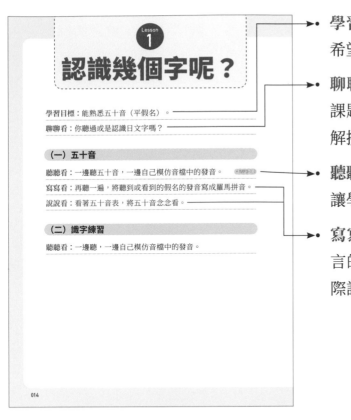

學習目標：透過本課的學習活動，希望學習者能獲得的日語能力。

聊聊看（前導組體‧提示）：學習課題的提示，讓學習者能更容易理解接下來要學習的內容。

聽聽看（輸入練習）：語言的接收，讓學習者實際接觸日語。

寫寫看、說說看（輸出練習）：語言的產出，讓學習者書寫日語或實際說出日語。

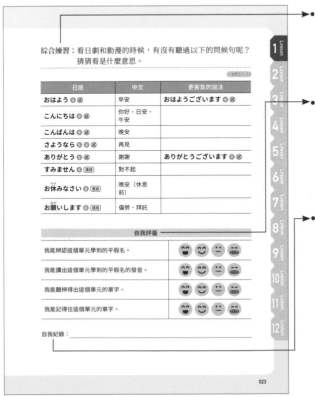

綜合練習（輸出的綜合練習）：將學習到的內容，進行綜合或是延伸的練習。

自我評量：學習內容結束後，針對左邊提示的項目內容，圈選合適的表情，以自我檢測是否達到學習目標。

自我紀錄：紀錄學習者在學習過程中的察覺或反思，為自我反省或學習紀錄，也可以是學習目標達成與否的可能的原因等的紀錄。

音調：標示讀音的高低音（或重音）位置，數字代表在第幾個假名後面發低音。比如「牡蠣 ❶」就是「き」的發音要念低音，以此類推。

小補充：內容的補充、學習活動的應用，或延伸練習的方法的說明。

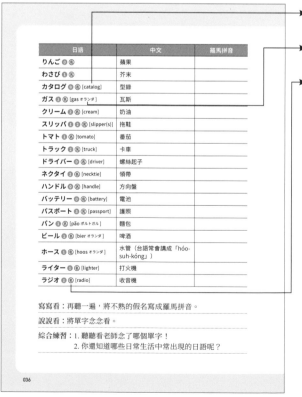

原文：外來語的原文的拼法。

語系：英語以外的語系標示。

詞類：詞類的縮略。日語的詞類依據辭典區分，教學上亦可以學習者易懂的方式區分。

凡例

詞類縮略標示對照

名	名詞
代	代名詞
形	形容詞
形動	形容動詞
格助	格助詞
接助	接續助詞
副助	副助詞
助動	助動詞
副	副詞
連語	連語
接頭	接頭語
自他五	自動詞，他動詞，五段動詞
自五	自動詞，五段動詞
他五	他動詞，五段動詞
自上一	自動詞，上一段動詞
他下一	他動詞，下一段動詞
自サ変	自動詞，サ変動詞
他サ変	他動詞，サ変動詞
自カ変	自動詞，カ変動詞

本書動詞、形容詞、形容動詞標示及教學上之對照

本書標示	教學上
自	自動詞
他	他動詞
五	第一類動詞
上一	第二類動詞
下一	第二類動詞
サ変／カ変	第三類動詞
形動	な形容詞
形	い形容詞

如何掃描 QR Code 下載音檔

1. 以手機內建的相機或是掃描 QR Code 的 App 掃描封面的 QR Code。
2. 點選「雲端硬碟」的連結之後，進入音檔清單畫面，接著點選畫面右上角的「三個點」。
3. 點選「新增至「已加星號」專區」一欄，星星即會變成黃色或黑色，代表加入成功。
4. 開啟電腦，打開您的「雲端硬碟」網頁，點選左側欄位的「已加星號」。
5. 選擇該音檔資料夾，點滑鼠右鍵，選擇「下載」，即可將音檔存入電腦。

目次

第一部　認識日語

第二部　應用日語

五十音　清音

	あ行		か行		さ行		た行		な行		
	∅		k		s		t		n		
あ段	あ	ア	か	カ	さ	サ	た	タ	な	ナ	
a		a		ka		sa		ta		na	
い段	い	イ	き	キ	し	シ	ち	チ	に	ニ	
i		i		ki		shi		chi		ni	
う段	う	ウ	く	ク	す	ス	つ	ツ	ぬ	ヌ	
u		u		ku		su		tsu		nu	
え段	え	エ	け	ケ	せ	セ	て	テ	ね	ネ	
e		e		ke		se		te		ne	
お段	お	オ	こ	コ	そ	ソ	と	ト	の	ノ	
o		o		ko		so		to		no	

拗音（清音）

きゃ	キャ	しゃ	シャ	ちゃ	チャ	にゃ	ニャ
kya		sha		cha		nya	
きゅ	キュ	しゅ	シュ	ちゅ	チュ	にゅ	ニュ
kyu		shu		chu		nyu	
きょ	キョ	しょ	ショ	ちょ	チョ	にょ	ニョ
kyo		sho		cho		nyo	

	は行		ま行		や行		ら行		わ行			
	h		m		y		r		w			
は	ハ	ま	マ	や	ヤ	ら	ラ	わ	ワ	ん	ン
ha		ma		ya		ra		wa		n	
ひ	ヒ	み	ミ			り	リ				
hi		mi				ri					
ふ	フ	む	ム	ゆ	ユ	る	ル				
fu		mu		yu		ru					
へ	ヘ	め	メ			れ	レ				
he		me				re					
ほ	ホ	も	モ	よ	ヨ	ろ	ロ	を	ヲ		
ho		mo		yo		ro		(w)o			

ひゃ	ヒャ	みゃ	ミャ	りゃ	リャ
hya		mya		rya	
ひゅ	ヒュ	みゅ	ミュ	りゅ	リュ
hyu		myu		ryu	
ひょ	ヒョ	みょ	ミョ	りょ	リョ
hyo		myo		ryo	

濁音、半濁音

		が行		ざ行		だ行		ば行		ぱ行	
		g		z		d		b		p	
あ段		が	ガ	ざ	ザ	だ	ダ	ば	バ	ぱ	パ
a		ga		za		da		ba		pa	
い段		ぎ	ギ	じ	ジ	ぢ	ヂ	び	ビ	ぴ	ピ
i		gi		ji		ji		bi		pi	
う段		ぐ	グ	ず	ズ	づ	ヅ	ぶ	ブ	ぷ	プ
u		gu		zu		zu		bu		pu	
え段		げ	ゲ	ぜ	ゼ	で	デ	べ	ベ	ぺ	ペ
e		ge		ze		de		be		pe	
お段		ご	ゴ	ぞ	ゾ	ど	ド	ぼ	ボ	ぽ	ポ
o		go		zo		do		bo		po	

拗音（濁音、半濁音）

ぎゃ	ギャ	じゃ	ジャ	ぢゃ	ヂャ	びゃ	ビャ	ぴゃ	ピャ
gya		ja		ja		bya		pya	
ぎゅ	ギュ	じゅ	ジュ	ぢゅ	ヂュ	びゅ	ビュ	ぴゅ	ピュ
gyu		ju		ju		byu		pyu	
ぎょ	ギョ	じょ	ジョ	ぢょ	ヂョ	びょ	ビョ	ぴょ	ピョ
gyo		jo		jo		byo		pyo	

PART
1

第一部
認識日語

························

來！

讓我們進入日語的世界！

認識幾個字呢？

學習目標：能熟悉五十音（平假名）。

聊聊看：你聽過或是認識日文字嗎？

（一）五十音

聽聽看：一邊聽五十音，一邊自己模仿音檔中的發音。　• MP3-1.1

寫寫看：再聽一遍，將聽到或看到的假名的發音寫成羅馬拼音。

說說看：看著五十音表，將五十音念念看。

（二）識字練習

聽聽看：一邊聽，一邊自己模仿音檔中的發音。

Lesson 1
Lesson 2
Lesson 3
Lesson 4
Lesson 5
Lesson 6
Lesson 7
Lesson 8
Lesson 9
Lesson 10
Lesson 11
Lesson 12

1 **識字練習：平仮名「あ行～か行」**　　　　　　　　　• MP3-1.2

　　「あ行～か行」的假名能辨識了嗎？試著用「あ行～か行」裡的假名組成單字，配合音調說說看！

上 ⓪　　　　　　　　　柿 ⓪　　　　　　　　　牡蠣 ①
u e　　　　　　　　　　ka ki　　　　　　　　　ka ki

赤 ①　　　　　　　　　菊 ②⓪　　　　　　　　家 ②
a ka　　　　　　　　　ki ku　　　　　　　　　i e

寫寫看：再聽一遍，將「 **1** 識字練習」聽到的發音寫成假名或是羅馬拼音。

說說看：將「 **1** 識字練習」的單字念念看。

小補充　　　　　　　　　　　　　　　　　　　　　• MP3-1.3

日語有很多同音異義字，因此要特別注意音調哦！聽聽看有什麼不同！

柿 ⓪／牡蠣 ①　　　飴 ⓪／雨 ①　　　鼻 ⓪／花 ②　　　橋 ②／箸 ①

注意到了嗎？「鼻 ⓪／花 ②」發音是一樣的！但是後面有助詞（請參考第7課）時，在助詞的部分會出現差異哦。

2 識字練習：平仮名「さ行～た行」

　　「さ行～た行」的假名能辨識了嗎？試著用「さ行～た行」裡的假名組成單字，配合音調說說看！

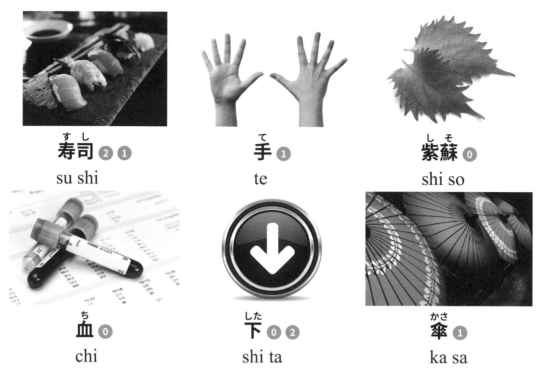

寿司 ❷ ❶
su shi

手 ❶
te

紫蘇 ⓪
shi so

血 ⓪
chi

下 ⓪ ❷
shi ta

傘 ❶
ka sa

寫寫看：再聽一遍，將「 **2** 識字練習」聽到的發音寫成假名或是羅馬拼音。

說說看：將「 **2** 識字練習」的單字念念看。

Lesson 1
Lesson 2
Lesson 3
Lesson 4
Lesson 5
Lesson 6
Lesson 7
Lesson 8
Lesson 9
Lesson 10
Lesson 11
Lesson 12

3 識字練習：平仮名「な行〜は行」　　　　　　　● MP3-1.5

　　「な行〜は行」的假名能辨識了嗎？試著用「な行〜は行」裡的假名組成單字，配合音調說說看！

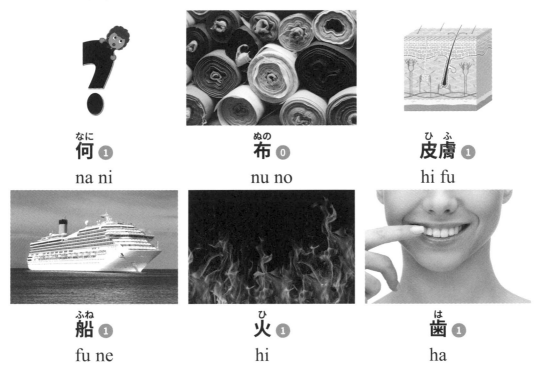

何 ❶
なに
na ni

布 ⓪
ぬの
nu no

皮膚 ❶
ひ ふ
hi fu

船 ❶
ふね
fu ne

火 ❶
ひ
hi

歯 ❶
は
ha

寫寫看：再聽一遍，將「 **3** 識字練習」聽到的發音寫成假名或
　　　　　是羅馬拼音。

說說看：將「 **3** 識字練習」的單字念念看。

4 識字練習：平仮名「ま行～わ行」

　　「ま行～わ行」的假名能辨識了嗎？試著用「ま行～わ行」裡的假名組成單字，配合音調說說看！

村 ❷ mu ra	**豆** ❷ ma me	**針** ❶ ha ri
湯 ❶ yu	**矢** ❶ ya	**耳** ❷ mi mi

寫寫看：再聽一遍，將「 4 識字練習」聽到的發音寫成假名或是羅馬拼音。

說說看：將「 4 識字練習」的單字念念看。

1 Lesson
2 Lesson
3 Lesson
4 Lesson
5 Lesson
6 Lesson
7 Lesson
8 Lesson
9 Lesson
10 Lesson
11 Lesson
12 Lesson

5 識字練習：平仮名「濁音、半濁音、促音」 • MP3-1.7

配合音調說說看以下的單字！能夠辨識「濁音」、「半濁音」嗎？知道「っ」怎麼念嗎？一起來練習看看！

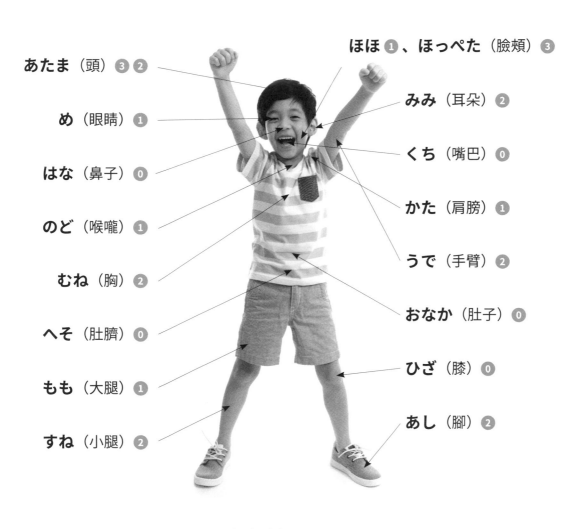

あたま（頭）③②

め（眼睛）①

はな（鼻子）⓪

のど（喉嚨）①

むね（胸）②

へそ（肚臍）⓪

もも（大腿）①

すね（小腿）②

ほほ①、ほっぺた（臉頰）③

みみ（耳朵）②

くち（嘴巴）⓪

かた（肩膀）①

うで（手臂）②

おなか（肚子）⓪

ひざ（膝）⓪

あし（腳）②

からだ（身體）⓪

寫寫看：再聽一遍，將「 5 識字練習」聽到的發音寫成假名或是羅馬拼音。

說說看：將「 5 識字練習」的單字念念看。

日語有無「っ」會影響單字意思哦！試試看辨別以下的單字。

日語	中文
音 ❷ ⑧ o to	聲音
夫 ⓿ ⑧ o tto	老公

寫寫看：再聽一遍，將「 6 識字練習」聽到的發音寫成假名或是羅馬拼音。

說說看：將「 6 識字練習」的單字念念看。

1 Lesson
2 Lesson
3 Lesson
4 Lesson
5 Lesson
6 Lesson
7 Lesson
8 Lesson
9 Lesson
10 Lesson
11 Lesson
12 Lesson

7 識字練習：平仮名「長音、短音」　　　　　　　　　• MP3-1.9

日語的長音和短音會影響單字意思哦！試試看辨別以下的單字。

短音		長音	
日語	中文	日語	中文
おばさん ⓪ 名 o ba sa n	歐巴桑 阿姨、姑姑	**おばあさん** ❷ 名 o ba a sa n	奶奶、老太太
おじさん ⓪ 名 o ji sa n	歐吉桑 伯伯、叔叔	**おじいさん** ❷ 名 o ji i sa n	爺爺、老爺爺
黒 ❶ 名 ku ro	黑、黑色	空路 ❶ 名 ku u ro	航線
絵 ❶ 名 e	畫	**ええ** ❶ 感 e e	是的
鳥 ⓪ 名 to ri	鳥類、雞	通り ❸ 名 to o ri	大街、馬路
ここ ⓪ 代 ko ko	這裡	高校 ⓪ 名 ko u ko u	高中
世界 ❶ 名 se ka i	世界	正解 ⓪ 名 se i ka i	正確答案

寫寫看：再聽一遍，將「 **7** 識字練習」聽到的發音寫成假名或
　　　　是羅馬拼音。

說說看：將「 **7** 識字練習」的單字念念看。

知道什麼是日語的拗音嗎？練習完拗音後試著說說看日語的數字！

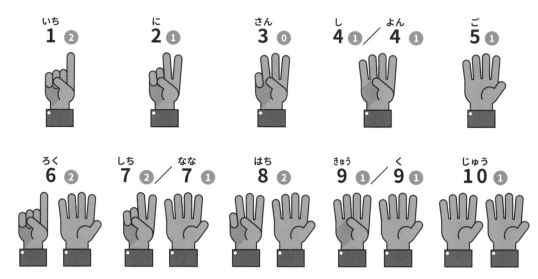

寫寫看：再聽一遍，將「**8** 識字練習」聽到的發音寫成假名或是羅馬拼音。

說說看：將「**8** 識字練習」的單字念念看。

小補充

這裡設計了8個識字練習的內容，讓大家慢慢熟悉平假名。沒有學過日語的學習者可以每個識字練習都以「聽聽看」→「寫寫看」→「說說看」的順序分段練習。有些日語基礎的學習者可以將幾個活動合起來以「聽聽看」→「寫寫看」→「說說看」的順序進行，大家可以選擇適合自己的方式練習哦！

Lesson 1
Lesson 2
Lesson 3
Lesson 4
Lesson 5
Lesson 6
Lesson 7
Lesson 8
Lesson 9
Lesson 10
Lesson 11
Lesson 12

綜合練習：看日劇和動漫的時候，有沒有聽過以下的問候句呢？
猜猜看是什麼意思。

• MP3-1.11

日語	中文	更客氣的說法
おはよう **0** 感	早安	おはようございます **8** 感
こんにちは **5** 感	你好、日安、午安	
こんばんは **5** 感	晚安	
さようなら **5 4** 感	再見	
ありがとう **2** 感	謝謝	ありがとうございます **2** 感
すみません **4** 連語	對不起	
お休みなさい **6** 連語	晚安（休息前）	
お願いします **6** 連語	偏勞、拜託	

自我評量

我能辨認這個單元學到的平假名。	😄 🙂 😐 😬
我能讀出這個單元學到的平假名的發音。	😄 🙂 😐 😬
我能聽辨得出這個單元的單字。	😄 🙂 😐 😬
我能記得住這個單元的單字。	😄 🙂 😐 😬

自我紀錄：

喜歡哪個日本的城市呢？

學習目標：能熟悉五十音（平假名）。

聊聊看：你去過日本嗎？去過哪些地方或是想去哪些地方呢？為
什麼？

（一）台灣人最愛去的十大日本城市念法

聽聽看：一邊聽，一邊自己模仿音檔中的發音。　　• MP3-2.1

日語	中文	羅馬拼音
_{とうきょう} **東京**	東京	
_{おおさか} **大阪**	大阪	
_{きょう と} **京都**	京都	
_{おきなわ} **沖縄**	沖繩	
_{ふくおか} **福岡**	福岡	
_{な ら} **奈良**	奈良	
_{な ご や} **名古屋**	名古屋	
_{かる い ざわ} **輕井沢**	輕井澤	
_{こう べ} **神戸**	神戶	
_{さっぽろ} **札幌**	札幌	

筆者整理自：網路溫度計　時事網路大數據分析
https://dailyview.tw/Daily/2015/09/08，2021 年 5 月 23 日閱覽

Lesson 1
Lesson 2
Lesson 3
Lesson 4
Lesson 5
Lesson 6
Lesson 7
Lesson 8
Lesson 9
Lesson 10
Lesson 11
Lesson 12

寫寫看：再聽一遍，將（一）「聽聽看」表格裡的假名寫成羅馬
拼音。

說說看：將（一）「聽聽看」的單字念念看。

綜合練習：聽聽看老師念了哪個單字！

（二）東京逛街區域念法

聽聽看：一邊聽，一邊自己模仿音檔中的發音。　　• MP3-2.2

日語	中文	羅馬拼音
しんじゅく **新宿**	新宿	
しぶや **渋谷**	澀谷	
はらじゅく **原宿**	原宿	
ぎんざ **銀座**	銀座	
なかめぐろ **中目黒**	中目黑	
だいかんやま **代官山**	代官山	
いけぶくろ **池袋**	池袋	
だいば **お台場**	台場	
ろっぽんぎ **六本木**	六本木	
きちじょうじ **吉祥寺**	吉祥寺	
しもきたざわ **下北沢**	下北澤	
こうえんじ **高円寺**	高圓寺	
すがも **巣鴨**	巣鴨	

日語	中文	羅馬拼音
秋葉原 あき は ばら	秋葉原	
合羽橋 かっぱ ばし	合羽橋（東京知名道具街）	

寫寫看：再聽一遍，將（二）「聽聽看」表格裡的假名寫成羅馬拼音。

說說看：將（二）「聽聽看」的單字念念看。

小補充

（二）是東京較知名的逛街區域名稱，大家也可以挑戰其他城市的逛街區域名稱哦！

綜合練習：聽聽看老師念了哪個單字！

小補充

「寫寫看」活動中將假名寫成羅馬拼音的練習，可以試著聽音檔書寫，也可以一邊聽音檔一邊看假名試著書寫，讓自己逐漸習慣日語的發音和假名表記哦！

自我評量	
我能辨認這個單元的單字。	😄 🙂 😐 😬
我能聽辨得出這個單元的單字。	😄 🙂 😐 😬
我能讀出這個單元的單字發音。	😄 🙂 😐 😬

自我紀錄：＿＿＿＿＿＿＿＿＿＿＿＿＿＿＿＿＿＿

你知道幾個日本的都道府縣呢？

Lesson 1
Lesson 2
Lesson 3
Lesson 4
Lesson 5
Lesson 6
Lesson 7
Lesson 8
Lesson 9
Lesson 10
Lesson 11
Lesson 12

學習目標：能熟悉五十音（平假名）。

聊聊看：你知道日本的行政區分嗎？你知道它們的地理位置嗎？

北海道地方

中部地方
新潟県｜富山県｜石川県｜
福井県｜山梨県｜長野県｜
岐阜県｜静岡県｜愛知県｜

東北地方
青森県｜岩手県｜宮城県｜
秋田県｜山形県｜福島県｜

中国地方
鳥取県｜島根県｜岡山県｜
広島県｜山口県｜

関東地方
茨城県｜栃木県｜群馬県｜埼玉県｜
千葉県｜東京都｜神奈川県｜

近畿地方
三重県｜滋賀県｜京都府｜大阪府｜
兵庫県｜奈良県｜和歌山県｜

四国地方
徳島県｜香川県｜愛媛県｜高知県｜

九州地方
福岡県｜佐賀県｜長崎県｜熊本県｜
大分県｜宮崎県｜鹿児島県｜

沖縄県

聽聽看：一邊聽，一邊自己模仿音檔中的發音。　　• MP3-3.1

日本的 47 個都道府縣		
地方	都道府縣	羅馬拼音
北海道地方 ほっかいどう ち ほう	北海道 ほっかいどう	
東北地方 とうほく ち ほう	青森県 あおもりけん	
	岩手県 いわ て けん	
	宮城県 みや ぎ けん	
	秋田県 あき た けん	
	山形県 やまがたけん	
	福島県 ふくしまけん	
関東地方 かんとう ち ほう	茨城県 いばら き けん	
	栃木県 とち ぎ けん	
	群馬県 ぐん ま けん	
	埼玉県 さいたまけん	
	千葉県 ち ば けん	
	東京都 とうきょう と	
	神奈川県 か な がわけん	
中部地方 ちゅう ぶ ち ほう	新潟県 にいがたけん	
	富山県 と やまけん	
	石川県 いしかわけん	
	福井県 ふく い けん	
	山梨県 やまなしけん	

地方	都道府縣	羅馬拼音
	ながのけん 長野県	
	ぎふけん 岐阜県	
	しずおかけん 静岡県	
	あいちけん 愛知県	
きんきちほう 近畿地方	みえけん 三重県	
	しがけん 滋賀県	
	きょうとふ 京都府	
	おおさかふ 大阪府	
	ひょうごけん 兵庫県	
	ならけん 奈良県	
	わかやまけん 和歌山県	
ちゅうごくちほう 中国地方	とっとりけん 鳥取県	
	しまねけん 島根県	
	おかやまけん 岡山県	
	ひろしまけん 広島県	
	やまぐちけん 山口県	
しこくちほう 四国地方	とくしまけん 徳島県	
	かがわけん 香川県	
	えひめけん 愛媛県	

Lesson 1
Lesson 2
Lesson 3
Lesson 4
Lesson 5
Lesson 6
Lesson 7
Lesson 8
Lesson 9
Lesson 10
Lesson 11
Lesson 12

地方	都道府縣	羅馬拼音
	こうちけん 高知県	
きゅうしゅうちほう 九州地方	ふくおかけん 福岡県	
	さがけん 佐賀県	
	ながさきけん 長崎県	
	くまもとけん 熊本県	
	おおいたけん 大分県	
	みやざきけん 宮崎県	
	かごしまけん 鹿児島県	
―	おきなわけん 沖縄県	

寫寫看：再聽一遍，將「聽聽看」表格裡的假名寫成羅馬拼音。

說說看：將單字念念看。

綜合練習：聽聽看老師念了哪個單字！

自我評量	
我能辨認這個單元的單字。	😄 😊 😐 😬
我能聽辨得出這個單元的單字。	😄 😊 😐 😬
我能讀出這個單元的單字發音。	😄 😊 😐 😬

自我紀錄：

能夠分辨是什麼國家嗎？

Lesson 1
Lesson 2
Lesson 3
Lesson 4
Lesson 5
Lesson 6
Lesson 7
Lesson 8
Lesson 9
Lesson 10
Lesson 11
Lesson 12

學習目標：能熟悉五十音（片假名）。

聊聊看：你知道日語的文字是什麼樣子嗎？你能夠猜得出是平假
名還是片假名嗎？

聽聽看：一邊聽，一邊自己模仿音檔中的發音。

1 識字練習：片仮名「ア行～ワ行」 MP3-4.1

アメリカ
a me ri ka

ブラジル
bu ra ji ru

ベトナム
be to na mu

フランス
fu ra n su

ドイツ
do i tsu

イギリス
i gi ri su

寫寫看：再聽一遍，將「**1** 識字練習」中的國家的假名寫成羅
馬拼音。

說說看：將「**1** 識字練習」中的國家名稱念念看。

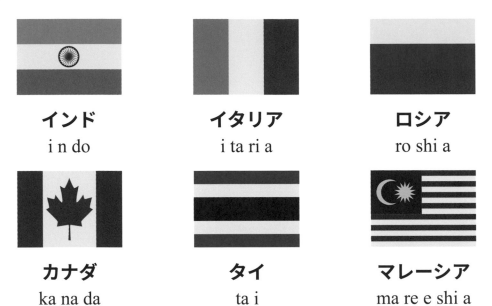

インド
i n do

イタリア
i ta ri a

ロシア
ro shi a

カナダ
ka na da

タイ
ta i

マレーシア
ma re e shi a

寫寫看：再聽一遍，將「 2 識字練習」中的國家的假名寫成羅馬拼音。

說說看：將「 2 識字練習」中的國家名稱念念看。

3 識字練習：片仮名「ア行～ワ行」　　• MP3-4.3

チリ
chi ri

アルゼンチン
a ru ze n chi n

フィリピン
fi ri pi n

シンガポール
shi n ga po o ru

インドネシア
i n do ne shi a

スペイン
su pe i n

寫寫看：再聽一遍，將「 3 識字練習」中的國家的假名寫成羅馬拼音。

說說看：將「 3 識字練習」中的國家名稱念念看。

小補充

為了讓大家容易理解，這裡的羅馬拼音以對應假名的方式標示，每個假名之間以空格隔開。此外，為了辨識方便，長音「ー」記號的羅馬拼音以前一個假名的母音來標示。

Lesson 1
Lesson 2
Lesson 3
Lesson 4
Lesson 5
Lesson 6
Lesson 7
Lesson 8
Lesson 9
Lesson 10
Lesson 11
Lesson 12

綜合練習：1. 聽聽看老師念了哪個單字！
　　　　　　2. 還有沒有想知道的國家名稱呢？查查看日語怎麼說！

自我評量	
我能辨認這個單元學到的片假名。	😃 😊 😐 😬
我能聽辨得出這個單元的單字。	😃 😊 😐 😬
我能讀出這個單元學到的片假名的發音。	😃 😊 😐 😬

自我紀錄：

聽過這些詞語嗎？

學習目標： 能熟悉五十音（平假名・片假名）。

聊聊看： 你知道我們日常生活的中文或台語中有哪些是來自日語嗎？

聽聽看： 一邊聽，一邊自己模仿音檔中的發音。你聽過幾個呢？

• MP3-5.1

日語	中文	羅馬拼音
あいさつ 挨拶 ❶ 自サ変	打招呼（比如說去跟誰「あいさつ」一下）	
おしぼり ❷ 名	溼紙巾、濕的擦手巾	
かんぱい 乾杯 ⓿ 名	乾杯	
きゅうけい 休憩 ⓿ 名 自サ変	休息	
さしみ 刺身 ❸ 名	生魚片	
すし 寿司 ❷❶ 名	壽司	
せびろ 背広 ⓿ 名	西裝，現在日語多以「スーツ」表示。	
ちゅうもん 注文 ⓿ 名 他サ変	預訂、預約（會直接將漢字念成台語發音「tsù-bûn」）	
ひのき 檜 ⓿❶ 名	檜木	
べんとう 弁当 ❸ 名	便當（會直接將漢字念成台語發音「piān-tong」）	

Lesson 1
Lesson 2
Lesson 3
Lesson 4
Lesson 5
Lesson 6
Lesson 7
Lesson 8
Lesson 9
Lesson 10
Lesson 11
Lesson 12

日語	中文	羅馬拼音
りんご ⓪ 名	蘋果	
わさび ① 名	芥末	
カタログ ⓪ 名 [catalog]	型錄	
ガス ① 名 [gas オランダ]	瓦斯	
クリーム ② 名 [cream]	奶油	
スリッパ ① ② 名 [slipper(s)]	拖鞋	
トマト ① 名 [tomato]	番茄	
トラック ② 名 [truck]	卡車	
ドライバー ⓪ 名 [driver]	螺絲起子	
ネクタイ ① 名 [necktie]	領帶	
ハンドル ⓪ 名 [handle]	方向盤	
バッテリー ⓪ 名 [battery]	電池	
パスポート ③ 名 [passport]	護照	
パン ① 名 [pão ポルトガル]	麵包	
ビール ① 名 [bier オランダ]	啤酒	
ホース ① 名 [hoos オランダ]	水管（台語常會講成「hóo-suh-kóng」）	
ライター ① 名 [lighter]	打火機	
ラジオ ① 名 [radio]	收音機	

寫寫看：再聽一遍，將不熟的假名寫成羅馬拼音。

說說看：將單字念念看。

綜合練習：1. 聽聽看老師念了哪個單字！
　　　　　2. 你還知道哪些日常生活中常出現的日語呢？

自我評量

我能辨別平假名和片假名。	😃 😊 😐 😬
我能辨認這個單元的單字。	😃 😊 😐 😬
我能聽辨得出這個單元的單字。	😃 😊 😐 😬
我能讀出這個單元的單字發音。	😃 😊 😐 😬
我能記得住平假名和片假名。	😃 😊 😐 😬

自我紀錄：_____

機場用語

學習目標：能熟悉五十音，並學會簡單的機場用語。

聊聊看：你去過機場嗎？有沒有注意過機場內的指標呢？

（一）抵達機場

聽聽看：一邊聽，一邊自己模仿音檔中的發音。　• MP3-6.1

日語	中文	英語	羅馬拼音
くうこう **空港** ⓪ 名	機場	airport	
あんない **案内** ❸ 名 他サ変	引導、導向	information	
とうじょうぐち **搭乗口** ❸ 名	登機門	boarding gate	
こくないせん **国内線** ⓪ 名	國內航線	domestic flight	
こくさいせん **国際線** ⓪ 名	國際航線	international flight	
じ こくひょう **時刻表** ⓪ 名	時刻表	timetable	
しゅっぱつびん **出発便** ⓪ 名	出發航班	departures	
とうちゃくびん **到着便** ⓪ 名	抵達航班	arrivals	
びんめい **便名** ⓪ 名	航班	flight number	

寫寫看：再聽一遍，將（一）「聽聽看」的假名寫成羅馬拼音。

說說看：將（一）「聽聽看」的單字念念看。

（二）辦理手續

聽聽看：一邊聽，一邊自己模仿音檔中的發音。　• MP3-6.2

日語	中文	英語	羅馬拼音
りょきゃく 旅客ターミナル ④ 名	旅客候機航廈	passenger terminal	
チェックイン カウンター ⑦ 名	報到櫃檯	check-in counter	
にゅうこくしん さ じょう 入国審査場 ⓪ 名	入境審查	passport control	
しゅっこくしん さ じょう 出国審査場 ⓪ 名	出境審查	passport control	
しん さ パスポート審査 ⑥ 名	出入境審查	passport control	
ビザ ① 名	簽證	visa	
フライト スケジュール ⑦ 名	航班時刻表	flight schedule	

寫寫看：再聽一遍，將（二）「聽聽看」的假名寫成羅馬拼音。

說說看：將（二）「聽聽看」的單字念念看。

小補充

本課也可在練習平假名和片假名的時候當作延伸練習哦！學習完平假名時可以挑戰（一），學習完片假名時可以挑戰（二）。

綜合練習：聽聽看老師念了哪個單字！

自我評量	
我能讀出平假名的發音。	😄 😊 😐 😬
我能讀出片假名的發音。	😄 😊 😐 😬
我能聽辨得出這個單元的單字。	😄 😊 😐 😬
我能記得住這個單元的單字。	😄 😊 😐 😬

自我紀錄：＿＿＿＿＿＿＿＿＿＿＿＿＿＿＿＿＿＿＿＿＿

歲數

學習目標：能用日語說歲數。

聊聊看：1. 你比較過中文和英語的語順或文法結構嗎？
　　　　　2. 和別人交談，你會談到年齡嗎？

日語的語法構造

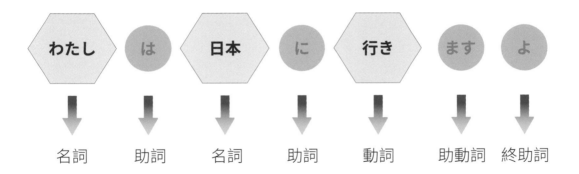

わたし	は	日本	に	行き	ます	よ
↓	↓	↓	↓	↓	↓	↓
名詞	助詞	名詞	助詞	動詞	助動詞	終助詞

聽聽看：一邊聽，一邊自己模仿音檔中的發音。

Lesson 1
Lesson 2
Lesson 3
Lesson 4
Lesson 5
Lesson 6
Lesson 7
Lesson 8
Lesson 9
Lesson 10
Lesson 11
Lesson 12

1 數字和歲數

• MP3-7.1　　　　• MP3-7.2

數字	歲數	羅馬拼音
いち **1** ②名	いっさい **1歳** ①名	
に **2** ①名	にさい **2歳** ①名	
さん **3** ⓪名	さんさい **3歳** ①名	
し よん **4** ①／**4** ①名	よんさい **4歳** ①名	
ご **5** ①名	ごさい **5歳** ①名	
ろく **6** ②名	ろくさい **6歳** ②名	
しち なな **7** ②／**7** ①名	ななさい **7歳** ②名	
はち **8** ②名	はっさい **8歳** ①名	
きゅう く **9** ①／**9** ①名	きゅうさい **9歳** ①名	
じゅう **10** ①名	じゅっさい **10歳** ①名	
	なんさい **何歳** ①名	

2 單字

• MP3-7.3

日語	中文
わたし **私** ⓪代	我
は ①副助	讀「wa」，表示敘述的主題。
です ①助動 特殊型	「だ」的敬體，表斷定。
か 助	表疑問

日語	中文
いくつ ① 名 副	幾個、多少、幾歲。「おいくつ」是比較禮貌的問法。

3 職業、身分、國籍

● MP3-7.4

	日語	中文	羅馬拼音
職業	がくせい 学生 ⓪ 名	學生	
	きょうし 教師 ① 名	老師	
	かいしゃいん 会社員 ③ 名	上班族	
	キャビンアテンダント ⑤ 名 [cabin attendant]	空服員	
身分	だいがくせい 大学生 ③ ④ 名	大學生	
	こうこうせい 高校生 ③ 名	高中生	
	ちゅうがくせい 中学生 ③ ④ 名	國中生	
	しょうがくせい 小学生 ③ ④ 名	小學生	
國籍	たいわんじん 台湾人 ③ 名	台灣人	
	にほんじん 日本人 ④ 名	日本人	

寫寫看：再聽一遍，將「聽聽看」中「 **1** 數字和歲數」中的歲數以及「 **3** 職業、身分、國籍」的假名寫成羅馬拼音。

說說看：將單字念念看。

Lesson 1
Lesson 2
Lesson 3
Lesson 4
Lesson 5
Lesson 6
Lesson 7
Lesson 8
Lesson 9
Lesson 10
Lesson 11
Lesson 12

4 句型：～は～です

日語	中文
<ruby>私<rt>わたし</rt></ruby>は<ruby>学生<rt>がくせい</rt></ruby>です。	我是學生。
<ruby>私<rt>わたし</rt></ruby>は <ruby>２１歳<rt>にじゅういっさい</rt></ruby>です。	我21歲。
<ruby>何歳<rt>なんさい</rt></ruby>ですか。	請問你幾歲？
おいくつですか。	請問貴庚／您高齡多少？

小補充

日語10歲以上的念法就是「數字＋表格中的歲數」，比如「21歲」就是「<ruby>２０<rt>にじゅう</rt></ruby>＋<ruby>１歳<rt>いっさい</rt></ruby>」。但是「<ruby>２０歳<rt>はたち</rt></ruby>」是特殊念法，要注意哦！

綜合練習：將單字套入句型看看！

自我評量		
我能聽辨得出這個單元的單字。	😄 🙂 😐 😬
我能讀出這個單元單字的發音。	😄 🙂 😐 😬
我能用日語說幾歲。	😄 🙂 😐 😬
我能記得住這個單元的單字。	😄 🙂 😐 😬

自我紀錄：

數字

Lesson 1
Lesson 2
Lesson 3
Lesson 4
Lesson 5
Lesson 6
Lesson 7
Lesson 8
Lesson 9
Lesson 10
Lesson 11
Lesson 12

學習目標：能用日語說電話號碼。能用日語數數。

聊聊看：你會用幾種語言數數字呢？你會用幾種語言說電話號碼呢？

聽聽看：一邊聽，一邊自己模仿音檔中的發音。

1 數字

• MP3-8.1	• MP3-8.2	• MP3-8.3	• MP3-8.4
いち **1** 2	ひゃく **100** 2	せん **1000** 1	いち　まん **1 0000** 3
に **2** 1	にひゃく **200** 3	に　せん **2000** 2	に　まん **20000** 2
さん **3** 0	さんびゃく **300** 1	さん　ぜん **3 000** 3	さん　まん **3 0000** 3
し **4** 1／よん **4** 1	よんひゃく **400** 1	よん　せん **4 000** 3	よん　まん **4 0000** 3
ご **5** 1	ごひゃく **500** 3	ご　せん **5000** 2	ご　まん **50000** 2
ろく **6** 2	ろっぴゃく **600** 0	ろく　せん **6 000** 3	ろく　まん **6 0000** 3
しち **7** 2／なな **7** 1	ななひゃく **700** 2	なな　せん **7 000** 3	なな　まん **7 0000** 3
はち **8** 2	はっぴゃく **800** 4	はっ　せん **8 000** 3	はち　まん **8 0000** 3
きゅう **9** 1／く **9** 1	きゅうひゃく **900** 1	きゅう　せん **9 000** 3	きゅう　まん **9 0000** 3
じゅう **10** 1			
れい **0** 1／ゼロ **0** 1			
	なんびゃく **何百** 1	なんぜん **何千** 3	なんまん **何万** 3

	<ruby>点<rt>てん</rt></ruby> ⓪	<ruby>億<rt>おく</rt></ruby> ①	<ruby>兆<rt>ちょう</rt></ruby> ①

寫寫看：再聽一遍，將不熟的假名寫成羅馬拼音。

說說看：將上表的數字念念看。

綜合練習：1. 聽聽看老師念了什麼電話號碼！
　　　　　　2. 聽聽看老師念了哪些數字！
　　　　　　3. 試著比賽擲骰子，看誰最先用日語講出數字！想要
　　　　　　　 挑戰的同學還可以將數字乘以倍數哦！

自我評量	
我能聽辨日語的電話號碼。	😃 😊 😐 😬
我能用日語讀出電話號碼。	😃 😊 😐 😬
我能聽辨日語8位數以內的數字。	😃 😊 😐 😬
我能用日語讀出8位數以內的數字。	😃 😊 😐 😬

自我紀錄：

那個多少錢？

Lesson 1
Lesson 2
Lesson 3
Lesson 4
Lesson 5
Lesson 6
Lesson 7
Lesson 8
Lesson 9
Lesson 10
Lesson 11
Lesson 12

學習目標：能用簡單的指示詞或名詞問價錢。

聊聊看：你用外語問過價錢嗎？

聽聽看：一邊聽，一邊自己模仿音檔中的發音。

1 指示詞

• MP3-9.1

日語	中文	日語	中文
これ 0 代	這、這個	**この** 0 連体	這、這個
それ 0 代	那、那個（近）	**その** 0 連体	那、那個（近）
あれ 0 代	那、那個（遠）	**あの** 0 連体	那、那個（遠）
どれ 1 代	哪、哪個	**どの** 1 連体	哪、哪個

2 單字

• MP3-9.2

日語	中文	羅馬拼音
タピオカミルクティー 7 名	珍珠奶茶	
時計 0 名 <ruby>時<rt>と</rt></ruby><ruby>計<rt>けい</rt></ruby>	鐘、錶	
ノート 1 名 [note]	筆記、筆記本	
テキスト 1 2 名 [text]	教科書	

日語	中文	羅馬拼音
かばん **0** 名	包包	
帽子 **0** 名	帽子	
本 **1** 名	書	
鉛筆 **0** 名	鉛筆	
消しゴム **0** 名	橡皮擦	
雑誌 **0** 名	雜誌	
携帯電話 **5** 名	手機	
辞書 **1** 名	字典	
コンピューター **3** 名 [computer]	電腦	
ボールペン **0** 名 [ball pen]	原子筆	
お湯 **0** 名	熱水	
水 **0** 名	水	
おにぎり **2** 名	飯糰	
お茶 **0** 名	茶	
シャープペンシル **4** 名 [和製 sharp + pencil]	自動鉛筆	
学校 **0** 名	學校、（上）課	
教室 **0** 名	教室	
窓 **1** 名	窗戶	

Lesson 1
Lesson 2
Lesson 3
Lesson 4
Lesson 5
Lesson 6
Lesson 7
Lesson 8
Lesson 9
Lesson 10
Lesson 11
Lesson 12

日語	中文	羅馬拼音
机 ⓪ 名 （つくえ）	桌子	
椅子 ⓪ 名 （い す）	椅子	
ドア ❶ 名 [door]	門	
新聞 ⓪ 名 （しんぶん）	報紙	
ホッチキス ❶ 名 [Hotchkiss]	釘書機	
手帳 ⓪ 名 （て ちょう）	記事本	

寫寫看：再聽一遍，將不熟的假名寫成羅馬拼音。

說說看：將單字念念看。

3 句型：これ・それ・あれ・どれ（這個・那個（近）・那個（遠）・哪個）

• MP3-9.3

日語	中文
これは〜です。	這是〜。
それは〜です（か）。	那（近）是〜（嗎？）
あれは〜です（か）。	那（遠）是〜（嗎？）
どれですか。	哪個？
A：これ／それ／あれはいくらですか。 B：これ／それ／あれは〜円です。 （えん）	A：這個／那個（近）／那個（遠）是多少錢呢？ B：這個／那個（近）／那個（遠）是〜日圓。

例：これはタピオカミルクティーです。（這是珍珠奶茶。）

4 句型：この・その・あの・どの＋N（這個・那個（近）・那個（遠）・哪個＋名詞）

● MP3-9.4

日語	中文
この N はいくらです**か**。	這個N是多少錢呢？
その N はいくらです**か**。	那個（近）N是多少錢呢？
あの N はいくらです**か**。	那個（遠）N是多少錢呢？
どの N です**か**。	哪個N呢？
A：**この N** ／**その N** ／**あの N** はいくらです**か**。 B：**この N** ／**その N** ／**あの N** は〇〇**円**です。	A：這個N／那個（近）N／那個（遠）N是多少錢呢？ B：這個N／那個（近）N／那個（遠）N是〇〇日圓。

例：このタピオカミルクティーはいくらですか？（這個珍珠奶茶是多少錢呢？）

綜合練習：將單字套入句型看看！和同學互相用周遭的物品詢問價錢。

自我評量				
我能理解こ・そ・あ・ど的指示對象。	😄	🙂	😐	😬
我能運用こ・そ・あ・ど的指示詞詢問價錢。	😄	🙂	😐	😬
我能聽辨得出這個單元的單字。	😄	🙂	😐	😬
我能記得住這個單元的單字。	😄	🙂	😐	😬

自我紀錄：

興趣是什麼？

學習目標：能用簡單的日語說明自己的興趣。

聊聊看：你有什麼興趣呢？

聽聽看：一邊聽，一邊自己模仿音檔中的發音。

1 單字

• MP3-10.1

日語	中文	日語	中文
しゅ み 趣味 ❶ 名	愛好、興趣	なに 何 ❶ 代	什麼

2 興趣

• MP3-10.2

日語	中文	日語	中文
すいえい 水泳 ⓿ 名 自サ変	游泳	あい き どう 合気道 ❸ 名	合氣道
や きゅう 野球 ⓿ 名	棒球	から て 空手 ⓿ 名	空手道
サッカー ❶ 名 [soccer]	足球	テコンドー ❷ 名 [t'akwondo 朝鮮]	跆拳道
バレーボール ❹ 名 [volleyball]	排球	フィギュアスケート ❺ 名 [figure skating]	花式溜冰
たっきゅう 卓球 ⓿ 名	桌球	スケートボード ❺ 名 [skateboard]	滑板
りょう り 料理 ❶ 名 他サ変	做菜	バレエ ❶ 名 [ballet フランス]	芭蕾
ピアノ ⓿ 名 [piano イタリア]	鋼琴	フェンシング ❶ 名 [fencing]	西洋劍

日語	中文	日語	中文
カラオケ ⓿ 名	卡拉OK	アーチェリー ❶ 名 [archery]	射箭 （西）
ゲーム ❶ 名 [game]	電玩	バスケットボール ❻ 名 [basketball]	籃球
どくしょ 読書 ❶ 名 自サ変	看書	バドミントン ❸ 名 [badminton]	羽毛球
おんがく 音楽 ❶ 名	音樂	たいきょくけん 太極拳 ❹ 名	太極拳
インターネット ❺ 名 [internet]	上網	ジョギング ⓿ 名 自サ変 [jogging]	慢跑
えいが 映画 ❶❶ 名	電影	ぶじゅつ 武術 ❶ 名	武術
さんぽ 散歩 ⓿ 名 自サ変	散步	ダンス ❶ 名 [dance]	舞蹈
しょどう 書道 ❶ 名	書法	しゃこう 社交ダンス ❹ 名	國標舞
え 絵（をかくこと）❶ 名	畫畫	バイオリン ⓿ 名 [violin]	小提琴
た 食べる（こと）❷ 他下一	吃東西	いご 囲碁 ❶ 名	圍棋
ね 寝る（こと）⓿ 名 自下一	睡覺	チェス ❶ 名 [chess]	西洋棋
さどう 茶道 ❶ 名	茶道	ちゅうごくしょうぎ 中国将棋 ❺ 名	將棋
かどう 華道 ❶ 名	花道	ごもくならべ 五目並べ ❹ 名	五子棋
けんどう 剣道 ❶ 名	劍道	オセロ ❶ 名 [Othello]	奧賽羅棋 （黑白 棋）
きゅうどう 弓道 ❶ 名	射箭 （日）	ビリヤード ❸ 名 [billiards]	撞球
じゅうどう 柔道 ❶ 名	柔道	こと 琴 ❶ 名	琴、箏

寫寫看：再聽一遍，將不熟的假名寫成羅馬拼音。

說說看：將單字念念看。

Lesson 1
Lesson 2
Lesson 3
Lesson 4
Lesson 5
Lesson 6
Lesson 7
Lesson 8
Lesson 9
Lesson 10
Lesson 11
Lesson 12

3 句型：趣味は何ですか。（興趣是什麼呢？）　　　• MP3-10.3

日語	中文
趣味<small>しゅみ</small>は何<small>なん</small>ですか。	興趣是什麼呢？
趣味<small>しゅみ</small>は○○です。	興趣是○○。
A：（Bさんの）趣味<small>しゅみ</small>は何<small>なん</small>ですか。 B：（わたしの）趣味<small>しゅみ</small>は○○です。 　　△△さんは。 A：○○です。	A：你的興趣是什麼呢？ B：（我的）興趣是○○。 　　你（△△）呢？ A：是○○。

綜合練習：將單字套入句型看看！

自我評量
我能用日語說出我的興趣。　😄 😊 😐 😬
我能聽懂別人的興趣。　😄 😊 😐 😬

自我紀錄：_____

Lesson 11

就讀的科系

學習目標：能用簡單的日語說明自己的主修或科系。

聊聊看：你知道台灣的學校有什麼科系嗎？和日本有什麼不一樣嗎？

聽聽看：一邊聽，一邊自己模仿音檔中的發音。

1 單字

• MP3-11.1

日語	中文
<ruby>専攻<rt>せんこう</rt></ruby> **0** 名 他サ変	主修、專業
の **0** 格助	對後接的名詞的內容、狀態、性質加以限定、修飾，相當於中文「的」。
<ruby>学科<rt>がっか</rt></ruby> **0** 名	系、學科、科目、大學的專業

2 科系名稱

• MP3-11.2

日語	中文	日語	中文
<ruby>空運管理学科<rt>くううんかんりがっか</rt></ruby>	空運管理學系	<ruby>会計学科<rt>かいけいがっか</rt></ruby>	會計學系
<ruby>物流学科<rt>ぶつりゅうがっか</rt></ruby>	物流學系	<ruby>電機工学科<rt>でんきこうがくか</rt></ruby>	電機工程學系
<ruby>応用日本語学科<rt>おうようにほんごがっか</rt></ruby>	應用日語學系	<ruby>生物科学科<rt>せいぶつかがくか</rt></ruby>	生物科學系
<ruby>応用英語学科<rt>おうようえいごがっか</rt></ruby>	應用英語學系	<ruby>英文学科<rt>えいぶんがっか</rt></ruby>	英文學系

日語	中文	日語	中文
おうようちゅうごく ご がっか 応用中国語学科	應用華語學系	じんるいがっか 人類学科	人類學系
かんこうがっか 観光学科	觀光學系	ち しつ か が くか 地質科学科	地質科學系
マーケティング がっか 学科	行銷學系	き しょうがっか 気象学科	大氣科學系
けんこうさんぎょうかん り 健康産業管理 がっか 学科	健康產業管理 學系	こくさいかんけいがっ か 国際関係学科	國際關係學系
ほうりつがっか 法律学科	法律學系	しゃかいふく し がっか 社会福祉学科	社會福利學系
れき し がっか 歴史学科	歷史學系	い がくか 医学科	醫學系
ぶつり がっか 物理学科	物理學系	し がくか 歯学科	牙醫學系
しん り がっか 心理学科	心理學系	じゅう い がっか 獣医学科	獸醫學系
せい じ がっか 政治学科	政治學系	き かいがっ か 機械学科	機械系
けいざいがっ か 経済学科	經濟學系	か がくこうがく か 化学工学科	化學工程學系
か がくか 化学科	化學系	のうぎょうけいざいがっ か 農業経済学科	農業經濟學系
せいぶつかんきょう 生物環境システ こうがく か ム工学科	生物環境系統工 程學系	せいぶつ き かいこうがく か 生物機械工学科	生物機械工程 學系
のうげいがっか 農芸学科	農藝學系	こうきょうえいせいがっか 公共衛生学科	公共衛生學系
どうぶつ か がくか 動物科学科	動物科學系	じょうほうかん り がっか 情報管理学科	資訊管理學系
しんりんかんきょう し げん 森林環境資源 がっか 学科	森林環境資源 學系	ぎょぎょう か がくか 漁業科学科	漁業科學系
えんげいがっ か 園芸学科	園藝學系	りんしょうどうぶつ い がくか 臨床動物医学科	臨床動物醫學系
ざいせいきんゆうがっか 財政金融学科	財務金融學系	こうぎょうかん り がっか 工業管理学科	工業管理學系
こくさい き ぎょうがっか 国際企業学科	國際企業學系		

Lesson 1
Lesson 2
Lesson 3
Lesson 4
Lesson 5
Lesson 6
Lesson 7
Lesson 8
Lesson 9
Lesson 10
Lesson 11
Lesson 12

寫寫看：再聽一遍，將不熟的假名寫成羅馬拼音。

說說看：將單字念念看。

小補充

有些科系名稱是「～学科<ruby>学<rt>がっ</rt></ruby><ruby>科<rt>か</rt></ruby>」，有些是「～学＋科<ruby>学<rt>がく</rt></ruby>＋<ruby>科<rt>か</rt></ruby>」，要注意發音哦！

3 句型：<ruby>専攻<rt>せんこう</rt></ruby>は～です。（主修是～。） • MP3-11.3

日語	中文
<ruby>専攻<rt>せんこう</rt></ruby>は<ruby>何<rt>なん</rt></ruby>ですか。	你主修什麼呢？
<ruby>専攻<rt>せんこう</rt></ruby>は○○です。	主修是○○。
<ruby>私<rt>わたし</rt></ruby>の<ruby>専攻<rt>せんこう</rt></ruby>は○○です。	我的主修是○○。
<ruby>私<rt>わたし</rt></ruby>は○○<ruby>学科<rt>がっか</rt></ruby>の<ruby>学生<rt>がくせい</rt></ruby>です。	我是○○系的學生。

綜合練習：將單字套入句型看看！

自我評量
我能聽辨我就讀科系的日語名稱。	😄 🙂 😐 😬
我能說出我就讀的科系的日語名稱。	😄 🙂 😐 😬

自我紀錄：

請用日語自我介紹

學習目標：能用簡單的日語自我介紹。

聊聊看：1. 你清楚台灣的行政區域嗎？
2. 自我介紹時，你都會說些什麼呢？

馬祖

金門

澎湖

台北　基隆
桃園
新北
新竹
苗栗　宜蘭
台中
彰化
雲林　南投
花蓮
嘉義
台南
高雄　台東
屏東

Lesson 1
Lesson 2
Lesson 3
Lesson 4
Lesson 5
Lesson 6
Lesson 7
Lesson 8
Lesson 9
Lesson 10
Lesson 11
Lesson 12

聽聽看：一邊聽，一邊自己模仿音檔中的發音。

1 來自哪裡？

• MP3-12.1

タイペイ 台北	しんほく 新北	とうえん 桃園	たいちゅう 台中
たいなん 台南	たか お 高雄	しんちく 新竹	びょうりつ 苗栗
しょう か 彰化	なんとう 南投	うんりん 雲林	か ぎ 嘉義
へいとう 屏東	きーるん 基隆	ぎ らん 宜蘭	か れん 花蓮
たいとう 台東	ほう こ 澎湖	きんもん 金門	ば そ 馬祖
し 市	けん 県		

2 單字

• MP3-12.2

日語	中文
ここ ⓪ 代	這裡
そこ ⓪ 代	那裡（近）
あそこ ⓪ 代	那裡（遠）
どこ ① 代	哪裡
から 格助	從……開始、起於……
き 来ました ② 自力変	動詞「来る ①」ます形的過去式。來。
ます ① 助動 特殊型	接動詞、助動詞表示敬意。「ました」為「ます」的過去式。
どうぞ ① 副	請
よろしく ⓪ 副	（寒暄用語）關照、致意。
ねが お願いします ⑥	拜託您了、麻煩您了。「お願いいたします」為更禮貌的說法。

寫寫看：再聽一遍，將不熟的假名寫成羅馬拼音。

說說看：將單字念念看。

Lesson 1
Lesson 2
Lesson 3
Lesson 4
Lesson 5
Lesson 6
Lesson 7
Lesson 8
Lesson 9
Lesson 10
Lesson 11
Lesson 12

3 句型：～から来ました（來自～）　　　● MP3-12.3

日語	中文
A：（Bさんは）どこから来ましたか。	A：你（從）哪裡來？／你是哪裡人？
B：（わたしは）○○から来ました。	B：我從○○來。／（我）是○○人。

綜合練習：利用下面的句子，用日語做簡單的自我介紹！

自己紹介

はじめまして

わたしは＿＿＿＿＿＿＿＿＿＿＿＿です。

台湾の＿＿＿＿＿＿＿＿＿＿から来ました。

① ○○大学の学生です。専攻は＿＿＿＿＿＿＿＿＿＿です。

② ○○大学＿＿＿＿＿＿＿＿＿＿学科の学生です。

趣味は＿＿＿＿＿＿＿＿＿＿です。

どうぞよろしくお願いします。

小補充

如果是來自某高中，或是某學校，可以說「○○高校」、「○○学校」哦！

自我評量	
我能用日語說明我來自哪裡。	😄 😊 😐 😬
我能用簡單的日語自我介紹。	😄 😊 😐 😬

自我紀錄：_____

PART
2

第二部
應用日語

接下來會有跟航空業
相關的日語學習，

大家準備好了嗎？

星期幾？

學習目標：能用日語說明星期。

聊聊看：日語的星期是用數字來表示嗎？

聽聽看：一邊聽，一邊自己模仿音檔中的發音。

1 **星期**
● MP3-13.1

平日 ⓪／平日					週末 ⓪／週末	
へいじつ					しゅうまつ	
げつようび **月曜日** ❸	かようび **火曜日** ❷	すいようび **水曜日** ❸	もくようび **木曜日** ❸	きんようび **金曜日** ❸	どようび **土曜日** ❷	にちようび **日曜日** ❸
星期一	星期二	星期三	星期四	星期五	星期六	星期日

なんようび
何曜日 ❸／星期幾、禮拜幾

Lesson 13
Lesson 14
Lesson 15
Lesson 16
Lesson 17
Lesson 18
Lesson 19
Lesson 20
Lesson 21
Lesson 22
Lesson 23

2 單字

日語	中文	日語	中文
<ruby>授業<rt>じゅぎょう</rt></ruby> ❶ 名 自サ変	課、上課	<ruby>図書館<rt>としょかん</rt></ruby> ❷ 名	圖書館
アルバイト ❸ 名 自サ変 [Arbeit ドイツ]	打工	ドラマ ❶ 名 [drama]	連續劇
テスト ❶ 名 他サ変 [test]	考試	スーパー ❶ 名 「スーパーマーケット」 的縮略	超市
<ruby>休<rt>やす</rt></ruby>み ❸ 名	放假	<ruby>病院<rt>びょういん</rt></ruby> ❶ 名	醫院
<ruby>仕事<rt>しごと</rt></ruby> ❶ 名	工作	<ruby>美容院<rt>びょういん</rt></ruby> ❷ 名	美容院、髮廊
<ruby>日本語<rt>にほんご</rt></ruby>の<ruby>授業<rt>じゅぎょう</rt></ruby> ❻ 名	日語課	ごみの<ruby>日<rt>ひ</rt></ruby> ❶ 名	丟垃圾的日子
<ruby>銀行<rt>ぎんこう</rt></ruby> ❶ 名	銀行	<ruby>郵便局<rt>ゆうびんきょく</rt></ruby> ❸ 名	郵局
<ruby>会社<rt>かいしゃ</rt></ruby> ❶ 名	公司	レストラン ❶ 名 [restaurant]	餐廳
パン<ruby>屋<rt>や</rt></ruby>（さん）❶ 名	麵包店	<ruby>喫茶店<rt>きっさてん</rt></ruby> ❶❸ 名	咖啡廳
ネットカフェ ❹ 名 [internet café] 的縮略	網咖	<ruby>塾<rt>じゅく</rt></ruby> ❶ 名	補習班
〜<ruby>便<rt>びん</rt></ruby> ❶ 名	（幾號）班機	〜<ruby>行<rt>ゆ</rt></ruby>き ❶ 名	往〜、去〜

3 時間

日語	中文	日語	中文
おととい ❸	前天	昼（ひる）❷	中午
きのう ❷	昨天	今晩（こんばん）❶	今晚
今日（きょう）❶	今天	今夜（こんや）❶	今晚
明日（あした）❸	明天	夜（よる）❶	晚上
あさって ❷	後天	午前（ごぜん）❶	上午
朝（あさ）❶	早上	午後（ごご）❶	下午
今朝（けさ）❶	今天早上	晩（ばん）⓿	晚上

4 助詞・疑問詞

日語	中文
まで ❶ （副助）	到達、到……為止
と （格助）	同、跟、和
いつ ❶ ㈹	什麼時候

寫寫看：再聽一遍，將不熟的假名寫成羅馬拼音。

說說看：將單字念念看。

5 句型：いつ／何曜日^{なんようび}ですか。（是什麼時候／星期幾呢？）

何曜日^{なんようび}から何曜日^{なんようび}までですか。（是從星期幾到星期幾呢？）　● MP3-13.5

日語	中文
A：今日^{きょう}は何曜日^{なんようび}ですか。 B：今日^{きょう}は火曜日^{かようび}です。	A：今天是星期幾呢？ B：今天是星期二。
A：授業^{じゅぎょう}は何曜日^{なんようび}から何曜日^{なんようび}までですか。 B：月曜日^{げつようび}から木曜日^{もくようび}までです。	A：（你的）課是星期幾到星期 　幾呢？ B：從星期一到星期四。
A：アルバイトは何曜日^{なんようび}ですか。 B：土曜日^{どようび}と日曜日^{にちようび}です。	A：打工是星期幾呢？ B：星期六和星期天。

小補充
● MP3-13.6

日語的「学校^{がっこう}」還有上學等意思，比如以下的句子用「学校^{がっこう}」或是「授業^{じゅぎょう}」都可以哦！

・学校^{がっこう}／授業^{じゅぎょう}は何曜日^{なんようび}ですか。（你的）課是星期幾呢？

・学校^{がっこう}／授業^{じゅぎょう}は何曜日^{なんようび}から何曜日^{なんようび}までですか。（你的）課是星期幾到星期幾呢？

綜合練習：將單字套入句型看看！

Lesson 13
Lesson 14
Lesson 15
Lesson 16
Lesson 17
Lesson 18
Lesson 19
Lesson 20
Lesson 21
Lesson 22
Lesson 23

6 「星期」的應用練習　　　　　　　　　　　　　● MP3-13.7

日語	中文
A：日本語のテストは何曜日ですか。 B：火曜日です。	A：日語考試是星期幾呢？ B：星期二。
A：（学校の）休みは何曜日ですか。 B：土曜日と日曜日です。	A：（學校）放假是星期幾呢？ B：星期六和星期天。
A：仕事は何曜日から何曜日までですか。 B：月曜日から金曜日までです。	A：上班是星期幾到星期幾呢？ B：從星期一到星期五。

自我評量	
我能聽辨日語的星期。	😄 😊 😐 😬
我能用日語說出星期幾。	😄 😊 😐 😬
我能用簡單的句子回答有關星期幾的問題。	😄 😊 😐 😬
我能記得住這個單元的單字。	😄 😊 😐 😬

自我紀錄：＿＿＿＿＿＿＿＿＿＿＿＿＿＿＿＿＿＿＿＿＿＿＿＿＿＿＿

幾點？

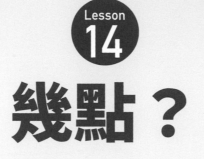

學習目標：能用日語說出幾點幾分。

聊聊看：你每天的作息是怎麼樣呢？

聽聽看：一邊聽，一邊自己模仿音檔中的發音。

13 Lesson
14 Lesson
15 Lesson
16 Lesson
17 Lesson
18 Lesson
19 Lesson
20 Lesson
21 Lesson
22 Lesson
23 Lesson

1 時間　　　　　　　　　　　　　　● MP3-14.1

ちょうど ⓪／ 整、正好	半ん ①／ 半、一半	前まえ ①／ 之前、前面	すぎ ②／ 超過
⏰	⏰	⏰	⏰

中文	分	點	小時
日語	ふん 分 ❶	じ 時 ❶	じ かん 時間 ⓿
	いっ ぷん 1分 ❶	いち じ 1 時 ❷	いち じ かん 1 時間 ❸
	に ふん 2分 ❶	に じ 2 時 ❶	に じ かん 2 時間 ❷
	さん ぷん 3分 ❶	さん じ 3 時 ❶	さん じ かん 3 時間 ❸
	よん ぷん 4分 ❶	よ じ 4 時 ❶	よ じ かん 4 時間 ❷
日語	ご ふん 5分 ❶	ご じ 5 時 ❶	ご じ かん 5 時間 ❷
	ろっ ぷん 6分 ❶	ろく じ 6 時 ❷	ろく じ かん 6 時間 ❸
	なな ふん 7分 ❷	しち じ 7 時 ❷	しち じ かん　　なな じ かん 7 時間 ❸ ／ 7 時間 ❸
	はっ ぷん 8分 ❶	はち じ 8 時 ❷	はち じ かん 8 時間 ❸
	きゅう ふん 9分 ❶	く じ 9 時 ❶	く じ かん 9 時間 ❷
	じゅっ ぷん 10分 ❶	じゅう じ 10 時 ❶	じゅう じ かん 10 時間 ❸
		じゅういち じ 11 時 ❹	じゅういち じ かん 11 時間 ❺
		じゅうに じ 12 時 ❸	じゅうに じ かん 12 時間 ❹
中文	幾分	幾點	幾小時
日語	なんぷん 何分 ❶	なん じ 何時 ❶	なん じ かん 何時間 ❸

Lesson 13
Lesson 14
Lesson 15
Lesson 16
Lesson 17
Lesson 18
Lesson 19
Lesson 20
Lesson 21
Lesson 22
Lesson 23

2 常用動詞

• MP3-14.5

日語	中文	日語	中文
休みます ④ 自他五	動詞「休む②」的ます形。休息。	起きます ③ 自上一	動詞「起きる②」的ます形。起床。
働きます ⑤ 自五	動詞「働く⓪」的ます形。工作。	勉強します ⑥ 自他サ変	動詞「勉強する⓪」的ます形。學習、讀書。
遊びます ④ 自五	動詞「遊ぶ⓪」的ます形。遊玩。	行きます ③ 自五	動詞「行く⓪」的ます形。去。
始まります ⑤ 自五	動詞「始まる⓪」的ます形。開始。	来ます ② 自カ変	動詞「来る①」的ます形。來。
終わります ④ 自他五	動詞「終わる⓪」的ます形。結束。	帰ります ④ 自五	動詞「帰る①」的ます形。回。

3 單字

• MP3-14.6

日語	中文
今 ① 名	現在、目前
に ⓪ 格助	表事物存在的場所；表動作的歸著點；表示動作進行的場合、時間；表示動作的對象和所向的目標等。
いつも ① 副	總是、老是、經常、時常

寫寫看：再聽一遍，將不熟的假名寫成羅馬拼音。

說說看：將單字念念看。

4 句型：いつ／何時ですか。（什麼時候／幾點呢？） • MP3-14.7

日語	中文
A：今は何時ですか。 B：今は朝 10 時です。	A：現在是幾點呢？ B：現在是上午10點。
A：すみません、図書館は何時から何時 まーでですか。 B：午前 10 時から夜 9 時までです。	A：請問，圖書館是幾點開到幾 點呢？ B：上午10點到晚上9點。

5 句型：何時に〜ます。（幾點做〜。） • MP3-14.8

日語	中文
A：何時に起きますか。 B：いつも、朝 10 時に起きます。	A：你幾點起床呢？ B：通常都是早上10點起床。
A：学校は何時に／から始まりますか。 B：学校は朝 8 時に／から始まります。	A：學校幾點開始呢？ B：學校早上8點開始。
A：アルバイトは何時に終わりますか。 B：アルバイトは夜 9 時に終わります。	A：打工幾點結束呢？ B：打工晚上9點結束。

綜合練習：將單字套入句型看看！

自我評量				
我能聽辨日語的幾點幾分。	😄	😊	😐	😬
我能用日語說幾點幾分。	😄	😊	😐	😬
我能用簡單的句子說明自己的作息。	😄	😊	😐	😬
我能記得住這個單元的單字。	😄	😊	😐	😬

自我紀錄：_____

Lesson 13
Lesson 14
Lesson 15
Lesson 16
Lesson 17
Lesson 18
Lesson 19
Lesson 20
Lesson 21
Lesson 22
Lesson 23

認識的航空公司

學習目標：能用日語說出往來台灣主要的航空公司名稱。

聊聊看：台灣有幾家航空公司呢？你搭過幾家航空公司的航班呢？你認得航空公司的標誌嗎？

聽聽看：一邊聽，一邊自己模仿音檔中的發音。

1 航空公司名稱　　　　　　　　　　　　　　　• MP3-15.1

日語	中文	英語	代號
日本航空／ JAL	日本航空	Japan Airlines	JL
全日空／ ANA	全日空	All Nippon Airways	NH
中華航空／ チャイナ エアライン	中華航空	China Airlines	CI
エバー航空／ EVA	長榮航空	EVA Air	BR
スターラックス航空	星宇航空	Starlux Airlines	JX
キャセイパシフィック	國泰航空	Cathay Pacific	CX
ユナイテッド航空	聯合航空	United Airlines	UA
デルタ航空	達美航空	Delta Air Lines	DL
シンガポール航空	新加坡航空	Singapore Airlines	SQ

日語	中文	英語	代號
タイガーエア台湾 （たいわん）	台灣虎航	Tigerair	IT
スクート	酷航	Scoot	TR
ピーチ・アビエーション	樂桃航空	Peach Aviation	MM
ターキッシュエアラインズ	土耳其航空	Turkish Airlines	TK
エミレーツ航空 （こうくう）	阿聯酋航空	Emirates	EK
KLM オランダ航空 （こうくう）	荷蘭皇家航空	KLM Royal Dutch Airlines	KL

2 飛航相關基本動詞

• MP3-15.2

日語	中文	日語	中文
しゅっぱつ **出発します** 6 （自サ変）	動詞「出発する 0 」 的ます形。 出發。	りりく **離陸します** 5 （自サ変）	動詞「離陸する 0 」 的ます形。 起飛。
とうちゃく **到着します** 6 （自サ変）	動詞「到着する 0 」 的ます形。 抵達。	ちゃくりく **着陸します** 6 （自サ変）	動詞「着陸する 0 」 的ます形。 降落。

3 台灣 - 日本部分直飛機場

日語	中文 （所在地）	日語	中文 （所在地）
[東京] 成田 <small>とうきょう なり た</small>	［東京］成田 （千葉縣）	那覇 <small>な は</small>	那霸 （沖繩縣）
[東京] 羽田 <small>とうきょう はね だ</small>	［東京］羽田 （東京都）	岡山 <small>おかやま</small>	岡山 （岡山縣）
関西 <small>かんさい</small>	關西 （大阪府）	仙台 <small>せんだい</small>	仙台 （宮城縣）
[名古屋] <small>な ご や</small> 中部国際／ <small>ちゅう ぶ こくさい</small> セントレア	［名古屋］中部 國際／新特麗亞 （愛知縣）	[札幌] 新千歳 <small>さっぽろ しん ち とせ</small>	［札幌］新千歳 （北海道）
福岡 <small>ふくおか</small>	福岡 （福岡縣）	函館 <small>はこだて</small>	函館 （北海道）

寫寫看：再聽一遍，將不熟的假名寫成羅馬拼音。

說說看：將單字念念看。

綜合練習：聽聽看老師念了哪個單字！

小補充

用日語說明英語代號時，發音要按照日語的習慣哦！

• MP3-15.4

英文字母 大寫	英文字母 小寫	日語念法	英文字母 大寫	英文字母 小寫	日語念法
A	a	エイ	N	n	エヌ
B	b	ビー	O	o	オー
C	c	シー	P	p	ピー
D	d	ディー	Q	q	キュー
E	e	イー	R	r	アール
F	f	エフ	S	s	エス
G	g	ジー	T	t	ティー
H	h	エイチ	U	u	ユー
I	i	アイ	V	v	ヴィー
J	j	ジェイ	W	w	ダブリュー
K	k	ケイ	X	x	エックス
L	l	エル	Y	y	ワイ
M	m	エム	Z	z	ゼッド

航空公司代號發音練習

Lesson 13
Lesson 14
Lesson 15
Lesson 16
Lesson 17
Lesson 18
Lesson 19
Lesson 20
Lesson 21
Lesson 22
Lesson 23

自我評量				
我能聽辨航空公司的日語發音。	😄	😊	😐	😬
我能讀出航空公司的日語發音。	😄	😊	😐	😬
我能聽辨主要的日本機場名稱。	😄	😊	😐	😬
我能讀出主要的日本機場名稱。	😄	😊	😐	😬
我能記得住這個單元中除了航空公司名稱以外的單字。	😄	😊	😐	😬

自我紀錄：_____

Lesson
16

Lesson 13
Lesson 14
Lesson 15
Lesson 16
Lesson 17
Lesson 18
Lesson 19
Lesson 20
Lesson 21
Lesson 22
Lesson 23

登機廣播 1

學習目標：能看稿念簡單的登機廣播文。

聊聊看：你聽過什麼樣的機場廣播呢？

聽聽看：一邊聽，一邊自己模仿音檔中的發音。

1 單字

• MP3-16.1

日語	中文
かいしゃめい **会社名** ❸ 名	公司名稱
ゆ さき **行き先** ⓪ 名	去處、目的地
ゆ **行き** ⓪ 名	去、往（注：可念成「いき」或「ゆき」）
はつ **発** ❶ 名	出發
すう じ **数字** ⓪ 名	數字
びん **便** ❶ 名	班次、航班
ただいま ❷ 副 名	現在、馬上
みなさま **皆様** ❷ 名	諸位、各位、大家
を 格助	表動作、作用的目標、對象
き ない **機内** ❶ 名	飛機內
へ 格助	表動作、作用的移動或進行的目標、方向

日語	中文
ご案内中 <ruby>案内中<rt>あんないちゅう</rt></ruby> ❶	「ご」接在他人行為或物品前，表對他人的尊敬之意。「中」的意思為中間、一定範圍之內、事務進行中等。
でございます 連語	斷定語氣的尊敬表現，用法為「N＋でございます」。「ございます ❹ 自 特殊型」是「あります・です」的客氣說法。可翻譯為「有、是」。

寫寫看：再聽一遍，將不熟的假名寫成羅馬拼音。

說說看：將單字念念看。

2 機場廣播 - 開始登機

日語	（会社名）　　　（行き先）行き、　（時間）発 （数字）便は、ただいま皆様を機内へご案内中でございます。
中文	預定　（點　分）飛往　（目的地）　的　（航空公司） （數字）　班機，現在開始辦理登機手續。

例：

• MP3-16.2

日語	日本航空東京行き、７時３０分発、１２３便は、ただいま皆様を機内へご案内中でございます。
中文	預定7點30分飛往東京的日本航空123班機，現在開始辦理登機手續。

Lesson 13
Lesson 14
Lesson 15
Lesson 16
Lesson 17
Lesson 18
Lesson 19
Lesson 20
Lesson 21
Lesson 22
Lesson 23

綜合練習1：在下線部分填上合適的資訊，完成一段登機廣播文。

① ＿＿＿＿＿ ＿＿＿＿＿行き、＿＿＿＿＿発＿＿＿＿＿便は、

ただいま皆様を機内へご案内中でございます。

② ＿＿＿＿＿ ＿＿＿＿＿行き、＿＿＿＿＿発＿＿＿＿＿便は、

ただいま皆様を機内へご案内中でございます。

③ ＿＿＿＿＿ ＿＿＿＿＿行き、＿＿＿＿＿発＿＿＿＿＿便は、

ただいま皆様を機内へご案内中でございます。

綜合練習2：念念看自己寫的登機廣播文。扮演地勤人員，實際來一段登機廣播吧！

小補充

念日語的時候，斷句在助詞之後哦！先找出助詞，一口氣念到助詞再換氣試試看。念熟了以後，模仿音檔或是模擬以下的音調圖挑戰看看！還有，班機時間常用24小時制表示哦！

・機場廣播 - 開始登機：

• MP3-16.2

にほんこうくうとうきょうゆき、ななじさんじゅっぷんはつ、ひゃくにじゅうさんびんは、ただいまみなさまをきないへごあんないちゅうでございます。

自我評量

念句子的時候，我能順利斷句。	😃	😊	😐	😬
我能流暢地念出航空公司。	😃	😊	😐	😬
我能流暢地念出航班目的地。	😃	😊	😐	😬
我能流暢地念出航班時刻。	😃	😊	😐	😬
我能流暢地念出航班。	😃	😊	😐	😬
我能看著稿來一段實境的登機廣播。	😃	😊	😐	😬

自我紀錄：_____

登機廣播 2

Lesson 13
Lesson 14
Lesson 15
Lesson 16
Lesson 17
Lesson 18
Lesson 19
Lesson 20
Lesson 21
Lesson 22
Lesson 23

學習目標：能照稿進行簡單的登機廣播。

聊聊看：你聽過催促乘客登機的機場廣播嗎？有沒有遇過登機時間更改的情形呢？

聽聽看：一邊聽，一邊自己模仿音檔中的發音。

1 單字

• MP3-17.1

日語	中文	日語	中文
ご 接頭	表示尊敬、謙遜或美化後面的詞語，基本上後接的詞語為漢語詞，但是有部分是和語詞。	しゅっぱつ **出発** 0 名 自サ変	出發、動身
とうじょう **搭乗** 0 名 自サ変	搭乗	ひこうき **飛行機** 2 名	飛機
さいしゅうあんない **最終案内** 5 名	最後廣播	ばん **番** 1 名	第……號
いた **致す** 2 他五	「する」的自謙語。 做、辦、幹。	とうじょうぐち **搭乗口** 3 名	登機門
おります 3 自五	動詞「おる 1」的ます形。 在。（客氣的説法）	こ **お越し** 0 連語	動詞「来る 1」、 「行く 0」的尊敬語。 來、去、光臨。

081

日語	中文	日語	中文
ゲート ❶ 名	閘口、登機門	**整備** せい び ❶ 名 他サ変	配備、保養、維修、布置
より 格助	由於、因為、根據、動作的起點	**行います** おこな ❺ 他五	動詞「行う ❶」的ます形。 做、舉行、進行。
お 接頭	表示尊敬、謙遜或美化後面的詞語，基本上後接的詞語為和語詞，但是有部分是漢語詞及外來語。	**時刻** じ こく ❶ 名	時刻
急ぎ いそ ❶ ❸ 名	急忙	**予定** よ てい ❶ 名 他サ変	預訂
ください	動詞「下さる ❸」的命令形。 請、請〜。	**改めて** あらた ❸ 副	另、再
お客様 きゃくさま ❹ 名	客人、旅客	**案内** あんない ❸ 名 他サ変	引路、帶路、遊覽
呼び出し よ だ ❶ 名	傳呼、呼叫、傳喚	**しばらく** ❷ 副	一會、暫且
申し上げます もう あ ❻ 他下一	動詞「言う ❷❶」的謙讓語。 回秉、說、講。	**お待ちください** ま	請稍候

寫寫看：再聽一遍，將不熟的假名寫成羅馬拼音。

說說看：將單字念念看。

Lesson 13
Lesson 14
Lesson 15
Lesson 16
Lesson 17
Lesson 18
Lesson 19
Lesson 20
Lesson 21
Lesson 22
Lesson 23

2 機場廣播 - 登機前最後廣播

日語	＿＿＿（会社名）＿＿＿　＿＿（数字）＿　便　＿（行き先）＿　行きは、ただいま、ご搭乗の最終案内を致しております。＿＿（数字）＿＿　番ゲートより、お急ぎ、ご搭乗ください。
中文	搭乗＿＿（航空公司）＿＿＿　＿＿（數字）＿　班機飛往＿（目的地）＿　的旅客，這是最後一次登機廣播。請盡速前往＿＿（數字）＿＿號登機門登機。

例：

● MP3-17.2

日語	JAL500 便岡山行きは、ただいま、ご搭乗の最終案内を致しております。10 番ゲートより、お急ぎ、ご搭乗ください。
中文	搭乗JAL500班機飛往岡山的旅客，這是最後一次登機廣播。請盡速前往10號登機門登機。

3 機場廣播 - 催促旅客登機

日語	＿＿＿（会社名）＿＿＿　からお客様のお呼び出しを申し上げます。＿＿（時間）＿　発、＿＿（会社名）＿＿＿　＿＿（数字）＿　便で＿（行き先）＿　へご出発の＿＿（人名）＿＿　様、＿＿（人名）＿＿　様。飛行機は出発のお時間です。お急ぎ＿＿（数字）＿＿　番搭乗口までお越しください。
中文	＿＿（航空公司）＿＿　呼叫乘客登機。搭乗＿＿（　點　分）＿＿　＿（航空公司）＿　＿＿（數字）＿　班機飛往＿（目的地）＿　的＿（人名）＿　先生／小姐、＿＿（人名）＿＿　先生／小姐。飛機就要起飛了。請立即前往＿＿（數字）＿＿號登機門登機。

例：

日語	キャセイパシフィックからお客様のお呼び出しを申し上げます。12時50分発、キャセイパシフィック 630便で福岡へご出発の山田太郎様、山田太郎様。飛行機は出発のお時間です。お急ぎ14番搭乗口までお越しください。
中文	國泰航空呼叫乘客登機。搭乘12點50分國泰航空630班機飛往福岡的山田太郎先生、山田太郎先生。飛機就要起飛了。請立即前往14號登機門登機。

4 機場廣播 - 預定登機時間廣播

日語	（会社名）（数字）便（行き先）行きは、ただいま機内の整備を行っております。皆様のご案内時刻は、（時間）を予定しております。改めてのご案内まで、今しばらくお待ちください。
中文	（航空公司）飛往（目的地）的（數字）班機，正在進行機艙整理。預定於（ 點 分）辦理登機手續，請旅客注意廣播。

Lesson 13
Lesson 14
Lesson 15
Lesson 16
Lesson 17
Lesson 18
Lesson 19
Lesson 20
Lesson 21
Lesson 22
Lesson 23

例1：

• MP3-17.4

日語	JAL500 便岡山行きは、ただいま機内の整備を行っております。皆様のご案内時刻は、12 時 30 分を予定しております。改めてのご案内まで、今しばらくお待ちください。
中文	JAL飛往岡山的500班機，正在進行機艙整理。預定於12點30分辦理登機手續，請旅客注意廣播。

例2：

• MP3-17.5

日語	中華航空 509 便大阪行きは、ただいま機内の整備を行っております。皆様のご案内時刻は、20 時10分を予定しております。改めてのご案内まで、今しばらくお待ちください。
中文	中華航空飛往大阪的509班機，正在進行機艙整理。預定於20點10分開始辦理登機手續，請旅客注意廣播。

綜合練習1： 在下線部分填上合適的資訊，完成一段登機廣播文。

・ 登機前最後廣播：

① ＿＿＿＿＿＿＿ ＿＿＿＿＿便＿＿＿＿＿行きは、ただいま、ご搭乗の最終案内を致しております。＿＿＿＿＿番ゲートより、お急ぎ、ご搭乗ください。

② _____ _____便_____行きは、ただいま、ご搭乗の最終案内を致しております。_____番ゲートより、お急ぎ、ご搭乗ください。

③ _____ _____便_____行きは、ただいま、ご搭乗の最終案内を致しております。_____番ゲートより、お急ぎ、ご搭乗ください。

・催促旅客登機：

① _____からお客様のお呼び出しを申し上げます。

_____発、_____ _____便で_____へ

ご出発の_____様、_____様。飛行機は出発のお時間です。

お急ぎ_____番搭乗口までお越しください。

② _____からお客様のお呼び出しを申し上げます。

_____発、_____ _____便で_____へ

ご出発の_____様、_____様。飛行機は出発のお時間です。

お急ぎ_____番搭乗口までお越しください。

③ _____からお客様のお呼び出しを申し上げます。

_____発、_____ _____便で_____へ

ご出発の_____様、_____様。飛行機は出発のお時間です。

お急ぎ_____番搭乗口までお越しください。

13 Lesson
14 Lesson
15 Lesson
16 Lesson
17 Lesson
18 Lesson
19 Lesson
20 Lesson
21 Lesson
22 Lesson
23 Lesson

· 預定登機時間廣播：

① ＿＿＿＿＿＿ ＿＿＿＿便＿＿＿＿行きは、ただいま機内の整備を
行っております。皆様のご案内時刻は、＿＿＿＿＿＿を予定しております。
改めてのご案内まで、今しばらくお待ちください。

② ＿＿＿＿＿＿ ＿＿＿＿便＿＿＿＿行きは、ただいま機内の整備を
行っております。皆様のご案内時刻は、＿＿＿＿＿＿を予定しております。
改めてのご案内まで、今しばらくお待ちください。

③ ＿＿＿＿＿＿ ＿＿＿＿便＿＿＿＿行きは、ただいま機内の整備を
行っております。皆様のご案内時刻は、＿＿＿＿＿＿を予定しております。
改めてのご案内まで、今しばらくお待ちください。

綜合練習2：念念看自己寫的登機廣播文。扮演地勤人員，實際來一段登機廣播吧！

小補充

第16課補充過，再複習一次！念日語的時候，斷句在助詞之後哦！先找出助詞，一口氣念到助詞再換氣試試看。念熟了以後，模仿音檔或是模擬以下的音調圖挑戰看看！此外，班機時間常用24小時制表示哦！有些班機會加上代號，想要挑戰的同學可以試試中午以後的班機，或是在班機前加上代號哦！

· MP3-17.2

ジャルごひゃくびんおかやまゆきは、ただいま、ごとうじょうのさいしゅうあんないをいたしております。じゅうばんゲートより、おいそぎ、ごとうじょうください。

· MP3-17.3

キャセイパシフィックからおきゃくさまのおよびだしをもうしあげます。じゅうにじごじゅっぷんはつ、キャセイパシフィックろっぴゃくさんじゅうびんでふくおかへごしゅっぱつのやまだたろうさま、やまだたろうさま。ひこうきはしゅっぱつのおじかんです。おいそぎ、じゅうよんばんとうじょうぐちまでおこしください。

例1

· MP3-17.4

ジャルごひゃくびんおかやまゆきは、ただいまきないのせいびをおこなっております。みなさまのごあんないじこくは、じゅうにじさんじゅっぷんをよていしております。あらためてのごあんないまで、いましばらくおまちください。

例2

· MP3-17.5

ちゅうかこうくう、ごひゃくきゅうびんおおさかゆきは、ただいまきないのせいびをおこなっております。みなさまのごあんないじこくは、にじゅうじじゅっぷんをよていしております。あらためてのごあんないまで、いましばらくおまちください。

13 Lesson
14 Lesson
15 Lesson
16 Lesson
17 Lesson
18 Lesson
19 Lesson
20 Lesson
21 Lesson
22 Lesson
23 Lesson

自我評量				
念句子的時候，我能順利斷句。	😄	😊	😐	😬
我能流暢地念出航空公司。	😄	😊	😐	😬
我能流暢地念出航班目的地。	😄	😊	😐	😬
我能流暢地念出航班時刻。	😄	😊	😐	😬
我能流暢地念出航班。	😄	😊	😐	😬
我能看著稿來一段實境的登機廣播。	😄	😊	😐	😬

自我紀錄：

生日是什麼時候呢？

學習目標：能用日語說日期。

聊聊看：你的生日是什麼時候呢？

聽聽看：一邊聽，一邊自己模仿音檔中的發音。

1 **季節和月份**　　　　　　　　　　　　　　　• MP3-18.1

ふゆ 冬 ❷		は る 春 ❶			な つ 夏 ❷			あき 秋 ❶		じゅういち 11 がつ 月	ふゆ 冬 ❷
いち がつ 1 月 ❹	に がつ 2 月 ❸	さん がつ 3 月 ❶	し がつ 4 月 ❸	ご がつ 5 月 ❶	ろく がつ 6 月 ❹	しち がつ 7 月 ❹	はち がつ 8 月 ❹	く がつ 9 月 ❶	じゅう がつ 10 月 ❹	❻	じゅうに 12 がつ 月 ❺

なんがつ
何月 ❶／幾月

Lesson 13
Lesson 14
Lesson 15
Lesson 16
Lesson 17
18 Lesson 18
Lesson 19
Lesson 20
Lesson 21
Lesson 22
Lesson 23

2 日期

• MP3-18.2

ついたち **1日** ④	じゅういち にち **11日** ⑥	にじゅういち にち **21日** ①	さんじゅいち にち **31日** ①
ふつか **2日** ⓪	じゅうに にち **12日** ⑤	にじゅうに にち **22日** ①	
みっか **3日** ⓪	じゅうさん にち **13日** ①	にじゅうさん にち **23日** ①	
よっか **4日** ⓪	じゅう よっか **14日** ①	にじゅう よっか **24日** ①	
いつか **5日** ⓪	じゅうご にち **15日** ①	にじゅうご にち **25日** ①	
むいか **6日** ⓪	じゅうろく にち **16日** ⑥	にじゅうろく にち **26日** ①	
なのか **7日** ⓪	じゅうしち にち **17日** ⑥	にじゅうしち にち **27日** ①	
ようか **8日** ⓪	じゅうはち にち **18日** ⑥	にじゅうはち にち **28日** ①	
ここのか **9日** ⓪	じゅうく にち **19日** ①	にじゅうく にち **29日** ①	
とおか **10日** ⓪	はつか **20日** ⓪	さんじゅう にち **30日** ③	

なんにち
何日 ①／（幾月）幾號

3 時間

日語	毎日（まいにち）❶	おととい❸	きのう❷	今日（きょう）❶	明日（あした）❸	あさって❷	• MP3-18.3
中文	每天	前天	昨天	今天	明天	後天	
日語	毎週（まいしゅう）⓪	先々週（せんせんしゅう）⓪	先週（せんしゅう）⓪	今週（こんしゅう）⓪	来週（らいしゅう）⓪	再来週（さらいしゅう）⓪	• MP3-18.4
中文	每週	上上週	上週	本週	下週	下下週	
日語	毎月（まいつき）⓪	先々月（せんせんげつ）❸	先月（せんげつ）❶	今月（こんげつ）⓪	来月（らいげつ）❶	再来月（さらいげつ）❷	• MP3-18.5
中文	每個月	上上個月	上個月	本月	下個月	下下個月	
日語	毎年（まいとし）⓪	おととし❷	去年（きょねん）❶	今年（ことし）⓪	来年（らいねん）⓪	再来年（さらいねん）⓪	• MP3-18.6
中文	每年	前年	去年	今年	明年	後年	

4 單字

• MP3-18.7

日語	中文
誕生日（たんじょうび）❸ 名	生日

寫寫看：再聽一遍，將不熟的假名寫成羅馬拼音。

說說看：將單字念念看。

Lesson 13
Lesson 14
Lesson 15
Lesson 16
Lesson 17
Lesson 18
Lesson 19
Lesson 20
Lesson 21
Lesson 22
Lesson 23

5 句型：～は～月～日です／ですか（～是～月～日／嗎？）　● MP3-18.8

日語	中文
A：お誕生日はいつですか。／ 　　お誕生日は何月何日ですか。 B：～月～日です。林さんは。 A：～月～日です。	A：（你的）生日是什麼時候呢？／ 　　（你的）生日是幾月幾號呢？ B：～月～日。（林先生／林小姐） 　　你／妳呢？ A：～月～日。

綜合練習：1. 將單字套入句型看看！
　　　　　 2. 挑戰在生日後加上星座，說法為「～座です」！

十二星座					● MP3-18.9
符號	星座	期間	拉丁語	英語	中文
	水瓶座	1月20日～ 2月18日	Aquarius	The Water Bearer	水瓶座
	魚座	2月19日～ 3月20日	Pisces	The Fish	雙魚座
	牡羊座	3月21日～ 4月19日	Aries	The Ram	牡羊座
	牡牛座	4月20日～ 5月20日	Taurus	The Bull	金牛座

	双子座 ふたござ	5月21日〜 6月21日	Gemini	The Twins	雙子座
	蟹座 かにざ	6月22日〜 7月22日	Cancer	The Crab	巨蟹座
	獅子座 ししざ	7月23日〜 8月22日	Leo	The Lion	獅子座
	乙女座 おとめざ	8月23日〜 9月22日	Virgo	The Virgin	處女座
	天秤座 てんびんざ	9月23日〜 10月23日	Libra	The Scales	天秤座
	蠍座 さそりざ	10月24日〜 11月22日	Scorpio	The Scorpion	天蠍座
	射手座 いてざ	11月23日〜 12月21日	Sagittarius	The Archer	射手座
	山羊座 やぎざ	12月22日〜 1月19日	Capricorn	The Goat	摩羯座

自我評量				
我能聽辨日語的四季。	😃	😊	😐	😬
我能用日語說出四季。	😃	😊	😐	😬
我能聽辨日語的日期。	😃	😊	😐	😬
我能用日語說出日期。	😃	😊	😐	😬
我能記得住這個單元的單字。	😃	😊	😐	😬

自我紀錄：

Lesson 13
Lesson 14
Lesson 15
Lesson 16
Lesson 17
Lesson 18
Lesson 19
Lesson 20
Lesson 21
Lesson 22
Lesson 23

去哪裡呢？

學習目標：能用日語（名詞／動詞）的現在式和過去式的肯定和
否定來表達。

聊聊看：你去過哪個國家？

聽聽看：一邊聽，一邊自己模仿音檔中的發音。

1 單字

• MP3-19.1

日語	中文	日語	中文
うち **家** ⓪ 名	家	こうこう **高校** ⓪ 名	高中
あめ **雨** ① 名	雨	**とき** ② 名	時間、時候
むかし **昔** ⓪ 名	從前	いっしょうけんめい **一生懸命** ⑤ 形動 副	拚命、努力、全心全意
こうえん **公園** ⓪ 名	公園	**ても** ① 接助	雖然……但是
かれ **彼** ① 代	他	わ **分かります** ④ 自五	動詞「分かる ②」的ます形。 懂、明白、理解。
せんせい **先生** ③ 名	老師	**へ** 格助	表示動作的方向。向、往、上。表示動作的歸著點等。

Lesson 13
Lesson 14
Lesson 15
Lesson 16
Lesson 17
Lesson 18
19 Lesson
Lesson 20
Lesson 21
Lesson 22
Lesson 23

日語	中文	日語	中文
（お）昼 ❷ 名	中午、午餐	来ます ❷ 自力変	動詞「来る ❶」的ます形。 來。
おにぎり ❷ 名	飯糰	行きます ❸ 自五	動詞「行く ⓪」的ます形。 去。
あります ❸ 自五	動詞「ある ❶」的ます形。 有。	帰ります ❹ 自五	動詞「帰る ❶」的ます形。 回來、回去。

寫寫看：再聽一遍，將不熟的假名寫成羅馬拼音。

說說看：將單字念念看。

2 句型： （場所）へ来ます／行きます／帰ります。（來／去／回～。）

• MP3-19.2

日語	中文
A：どこへ行きますか？ B：タイへ行きます。	A：（你）去哪裡呢？ B：去泰國。

3 時態

	名詞		動詞	
	現在式	過去式	現在式	過去式
肯定	―です	―でした	―ます	―ました
否定	―ではありません	―ではありませんでした	―ません	―ませんでした

綜合練習1：

1. 請用「はい、―ます。／いいえ、―ません。」回答

　①Ａ：夜、家へ帰りますか。　　Ｂ：はい、＿＿＿＿＿＿＿

　②Ａ：あした学校へ来ますか。　Ｂ：いいえ、＿＿＿＿＿＿＿

2. 請用「はい、―ました。／いいえ、―ませんでした。」回答

　①Ａ：火曜日、スーパーへ行きましたか。

　　Ｂ：はい、＿＿＿＿＿＿＿＿＿＿＿＿

　②Ａ：日曜日、どこへ行きましたか。

　　Ｂ：いいえ、＿＿＿＿＿＿＿＿＿＿＿

綜合練習2：將單字套入句型看看！

総合練習（名詞／動詞的肯定・否定・現在・過去）

請注意是現在式還是過去式哦！

① 昨天台北下雨。

＿＿＿＿＿＿＿＿＿＿＿＿＿＿＿＿＿＿＿＿＿＿＿

② 以前，這裡是公園。

＿＿＿＿＿＿＿＿＿＿＿＿＿＿＿＿＿＿＿＿＿＿＿

③ 他是英語老師（過去式）。

_____

④ 今天的午餐不是飯糰。

_____

⑤ 已經5點了，（要）回家。

_____

⑥ 明年去日本嗎？

_____

⑦ 昨天念書了。

_____

⑧ 前天放假／休假哦！

_____

⑨ 高中的時候，雖然努力念書，但還是（搞）不懂。

_____

⑩ A：早上出發了嗎？

_____

　B：沒有，沒有出發。

_____

Lesson 13
Lesson 14
Lesson 15
Lesson 16
Lesson 17
Lesson 18
19 Lesson
Lesson 20
Lesson 21
Lesson 22
Lesson 23

小補充

當回答是否定的時候，以下的方式會有語意上的不同哦！

• MP3-19.3

日語	中文
A：日本へ行きましたか？	A：你去日本了嗎？
B： ① いいえ、行きませんでした。 ② いいえ、まだ行っていません。 ③ いいえ、行きません。	B： ① 沒有，我沒去。 ② 沒有，我還沒去。 ③ 沒有，我不去。

自我評量

我能使用日語的名詞的現在肯定和否定。	😄 😊 😐 😬
我能使用日語的動詞的現在肯定和否定。	😄 😊 😐 😬
我能使用日語的名詞的過去肯定和否定。	😄 😊 😐 😬
我能使用日語的動詞的過去肯定和否定。	😄 😊 😐 😬
我能記得住這個單元的單字。	😄 😊 😐 😬

自我紀錄：＿＿＿＿＿＿＿＿＿＿＿＿＿＿＿＿＿＿＿＿＿＿＿＿＿

下個月和朋友搭飛機去日本

Lesson 13
Lesson 14
Lesson 15
Lesson 16
Lesson 17
Lesson 18
Lesson 19
Lesson 20
Lesson 21
Lesson 22
Lesson 23

學習目標：能用簡單的日語說明何時、和誰、如何去某個地方。

聊聊看：你搭過多少不同的交通工具呢？

聽聽看：一邊聽，一邊自己模仿音檔中的發音。

1 疑問詞

• MP3-20.1

日語	中文	日語	中文
だれ ❶ 代	誰	何（で）^{なに} ❶ 代	（搭）什麼

2 單字

• MP3-20.2

日語	中文	日語	中文
友達^{ともだち} ❶ 名	朋友	弟^{おとうと} ❹ 名	（自己的）弟弟
電車^{でんしゃ} ❶❶ 名	電車	台湾新幹線^{たいわんしんかんせん} 名	高鐵
一人で^{ひとり} ❷	一個人	妹^{いもうと} ❹ 名	（自己的）妹妹
兄^{あに} ❶ 名	（自己的）哥哥	バス ❶ 名	巴士
船^{ふね} ❶ 名	船	フェリー ❶ 名 [ferry]	渡輪
姉^{あね} ❶ 名	（自己的）姐姐	両親^{りょうしん} ❶ 名	（自己的）雙親
自転車^{じてんしゃ} ❷❶ 名	腳踏車	で ❶ 格助	（表示場所、範圍）在、由。（表示手段、材料）以、用。

101

寫寫看：再聽一遍，將不熟的假名寫成羅馬拼音。

說說看：將單字念念看。

3 句型：〜は（時）に（人）と（方法）で（場所）へ〜（〜在（時間）和（誰）用（方法／手段）去（場所／地方）〜）

• MP3-20.3

日語	中文
林_{りん}さんは明日_{あした}友達_{ともだち}と飛行機_{ひこうき}でタイへ行_いきます。	林小姐明天和朋友搭飛機去泰國。
王_{おう}さんは土曜日_{どようび}に李_りさんと電車_{でんしゃ}で台北_{たいぺい}へ行_いきます。	王小姐星期六和李先生搭電車去台北。

綜合練習：將單字套入句型看看！

總合練習「〜は（時）に（人）と（方法）で（場所）へ〜」

① 上個月我和哥哥搭船去沖繩。

_____

② 後天（我）一個人要搭ANA552班機去日本。

_____

③ 她上個星期天和朋友搭電車去台北。

_____

④ 姐姐每天騎腳踏車來上學。

_____

13 Lesson
14 Lesson
15 Lesson
16 Lesson
17 Lesson
18 Lesson
19 Lesson
20 Lesson
21 Lesson
22 Lesson
23 Lesson

⑤ 下個星期五和弟弟搭高鐵（台灣新幹線）去高雄。

_____

⑥ 你要和妹妹搭巴士去機場嗎？

_____

⑦ 他每天走路來上學。

_____

⑧ 鈴木小姐明天搭渡輪去北海道。

_____

⑨ 我去年和雙親搭飛機去了美國。

_____

⑩ 下個月你和誰去花蓮呢？

_____

小補充

1. 通常「に」的前面為時間，但是有些情形不加「に」。簡單的參考原則是用數字表示的時間名詞後面有「に」，例如：「10月に」、「6時に」等；而不是用數字表示的時間名詞後面則沒有「に」，例如：「今年」、「明日」等。但是星期的話可加可不加，例如：「日曜日に／日曜日」等。這是比較簡單的原則，實際上還是需要視不同的情形調整哦。

2. 「何」有2個念法──「何／何」，可以根據後面接續的助詞以及意思來記。
   接助詞「を／が」的話念「何」，如「何を〜／何が〜」。
   接助詞「で」的話2個都有可能，可以意思來區別，「何で」表示「什麼方法或手段」，「何で」表示「為什麼」。

自我評量				
我能用日語說出何時去哪裡。	😃	😊	😐	😬
我能用日語說出和誰去哪裡。	😃	😊	😐	😬
我能用日語說出搭什麼交通工具去哪裡。	😃	😊	😐	😬
我能記得住這個單元的單字。	😃	😊	😐	😬

自我紀錄：_____

Lesson 21
請給我～

學習目標：能使用簡單的請求句型以及基本量詞。

聊聊看：知道什麼是數量詞嗎？

聽聽看：一邊聽，一邊自己模仿音檔中的發音。

1 數量詞

• MP3-21.1　　• MP3-21.2　　• MP3-21.3　　• MP3-21.4　　• MP3-21.5

個	個	杯	枝／瓶／把	人
ひと **一つ** ②	いっ こ **1 個** ①	いっ ぱい **1 杯** ①	いっ ぽん **1 本** ①	ひとり **一人** ②
ふた **二つ** ③	に こ **2 個** ①	に はい **2 杯** ①	に ほん **2 本** ①	ふたり **二人** ③
みっ **三つ** ③	さん こ **3 個** ①	さん ばい **3 杯** ①	さん ぼん **3 本** ①	さんにん **三人** ③
よっ **四つ** ③	よん こ **4 個** ①	よん はい **4 杯** ①	よん ほん **4 本** ①	よ にん **四人** ②
いつ **五つ** ②	ご こ **5 個** ①	ご はい **5 杯** ①	ご ほん **5 本** ⓿	ご にん **五人** ②
むっ **六つ** ③	ろっ こ **6 個** ①	ろっ ぱい **6 杯** ①	ろっ ぽん **6 本** ①	ろくにん **六人** ②
なな **七つ** ②	なな こ **7 個** ②	なな はい **7 杯** ②	なな ほん **7 本** ②	ななにん しちにん **七人** ②／**七人** ②
やっ **八つ** ③	はっ こ **8 個** ①	はっ ぱい **8 杯** ①	はっ ぽん **8 本** ①	はちにん **八人** ②
ここの **九つ** ②	きゅう こ **9 個** ①	きゅう はい **9 杯** ①	きゅう ほん **9 本** ①	きゅうにん **九人** ①
とお **十** ①	じゅっ こ **10 個** ①	じゅっ ぱい **10 杯** ①	じゅっ ぽん **10 本** ①	じゅうにん **十人** ①
いくつ ①	なん こ **何個** ①	なんばい **何杯** ①	なんぼん **何本** ①	なんにん **何人** ①

Lesson 13
Lesson 14
Lesson 15
Lesson 16
Lesson 17
Lesson 18
Lesson 19
Lesson 20
Lesson 21
Lesson 22
Lesson 23

• MP3-21.6

日語	中文	日語	中文
バナナ ❶ ㊟ [banana]	香蕉	**ワイン** ❶ ㊟ [wine]	葡萄酒
<ruby>化粧品<rt>け しょうひん</rt></ruby> ⓪ ㊟	化妝品	**りんご** ⓪ ㊟	蘋果
ケーキ ❶ ㊟ [cake]	蛋糕	（お）<ruby>弁当<rt>べんとう</rt></ruby> ⓪ ㊟	便當
チョコレート ❸ ㊟ [chocolate]	巧克力	**もう** ❶ ⓪ ㊛	已經。快要、 就要。再、 還。
スイス ㊟ [Suisse フランス]	瑞士		

寫寫看：再聽一遍，將不熟的假名寫成羅馬拼音。

說說看：將單字念念看。

3 句型：〜を〜ください（請給我〜） • MP3-21.7

日語	中文
バナナをください。	請給我香蕉。
バナナを<ruby>一本<rt>いっぽん</rt></ruby>ください。	請給我一根香蕉。
バナナをもう<ruby>一本<rt>いっぽん</rt></ruby>ください。	請再給我一根香蕉。

綜合練習：將單字套入句型看看！

総合練習「～を（もう）（数量詞）ください」

① 請給我熱水。

___

② 請給我自動鉛筆。

___

③ 請給我那個（遠的）包包。

___

④ 請給我那個（近的）手機。

___

⑤ 請給我那個（遠的）法國的化妝品。

___

⑥ 請給我那個（近的）巧克力蛋糕。

___

⑦ 請給我那個（近的）瑞士的手錶。

___

⑧ 請給我1杯葡萄酒。

___

⑨ 請給我5個飯糰。

___

Lesson 13
Lesson 14
Lesson 15
Lesson 16
Lesson 17
Lesson 18
Lesson 19
Lesson 20
Lesson 21
Lesson 22
Lesson 23

⑩ 請給我3個日本蘋果。

_____

A：那個（近的）便當多少錢？

_____

B：500日圓。

_____

A：那麼，請給我1個。

_____

B：好的，謝謝。

_____

小補充

中文是「兩根香蕉」，但是日語的順序是「香蕉兩根」，而且數量詞和「くだ
さい」之間不需要加助詞哦！

自我評量	
我能使用簡單的日語的請求句型。	😄 🙂 😐 😬
我能使用日語基本的量詞。	😄 🙂 😐 😬
我能記得住這個單元的單字。	😄 🙂 😐 😬

自我紀錄：_____

吃什麼呢？

Lesson 13
Lesson 14
Lesson 15
Lesson 16
Lesson 17
Lesson 18
Lesson 19
Lesson 20
Lesson 21
Lesson 22
Lesson 23

學習目標：能用簡單的日語說明吃、喝的東西。

聊聊看：你吃過日本料理嗎？喜歡吃什麼食物呢？

聽聽看：一邊聽，一邊自己模仿音檔中的發音。

1 單字

• MP3-22.1

日語	中文	日語	中文
何 ❶ 代	什麼	昼ご飯 ❸ 名	午飯
食べます ❸ 他下一	動詞「食べる ❷」的ます形。吃。	フランス料理 ❺ 名	法國料理
ご飯 ❶ 名	（吃）飯	イタリア料理 ❺ 名	義大利料理
ジュース ❶ 名 [juice]	果汁	作ります ❹ 他五	動詞「作る ❷」的ます形。製造、製作、制定。
飲みます ❸ 他五	動詞「飲む ❶」的ます形。喝。	何も ❶ 副	根本、完全、什麼都
音楽 ❶ 名	音樂	後 ❶ 名	之後

日語	中文	日語	中文
聞きます ③ 他五	動詞「聞く ⓪」的ます形。 聽。	写真 ⓪ 名	照片
かけます ③ 他下一	動詞「かける ②」的ます形。 打（電話）。	撮ります ③ 他五	動詞「撮る ①」的ます形。 照（相）。
見ます ② 他上一	動詞「見る ①」的ます形。 看。	読みます ③ 他五	動詞「読む ①」的ます形。 念、讀。
レポート ② ⓪ 名 [report]	報告	買います ③ 他五	動詞「買う ⓪」的ます形。 買。
書きます ③ 他五	動詞「書く ①」的ます形。 寫。	を 助	表示動作、作用的對象。表示動作的場所、範圍。表示動作的起點。

寫寫看：再聽一遍，將不熟的假名寫成羅馬拼音。

說說看：將單字念念看。

2 句型：（人）は～（事物）を～（動詞）（某人把～／某人做～） • MP3-22.2

日語	中文
林さんは何を食べましたか。	林先生吃了什麼呢？
林さんはご飯を食べました。	林先生吃飯了。

Lesson 13
Lesson 14
Lesson 15
Lesson 16
Lesson 17
Lesson 18
Lesson 19
Lesson 20
Lesson 21
Lesson 22
Lesson 23

綜合練習：將單字套入句型看看！

総合練習「～は～を（他動詞）」

請注意是現在式還是過去式哦！

① 吃飯（現在式）。

_____

② 喝果汁（現在式）。

_____

③ 聽音樂（現在式）。

_____

④ 打電話（現在式）。

_____

⑤ 上個月看了電影。

_____

⑥ 寫了報告。

_____

⑦ 午飯吃了法國料理。

_____

⑧ 下個星期做義大利料理。

_____

⑨ 什麼也沒吃。

_____

⑩ 之後來拍照。

_____

⑪ 今天晚上要看書。

_____

自我評量	
我能用簡單的日語說明吃什麼。	😄 😊 😐 😬
我能用簡單的日語說明喝什麼。	😄 😊 😐 😬
我能記得住這個單元的單字。	😄 😊 😐 😬

自我紀錄：_____

機艙點餐

13 Lesson
14 Lesson
15 Lesson
16 Lesson
17 Lesson
18 Lesson
19 Lesson
20 Lesson
21 Lesson
22 Lesson
23 Lesson

學習目標：能用簡單的日語點機內餐點。能聽懂簡單日語的機內
餐點。能用簡單的日語進行機內餐點的服務。

聊聊看：你吃過機內餐點嗎？有沒有印象深刻的料理呢？

聽聽看：一邊聽，一邊自己模仿音檔中的發音。

1 單字　　　　　　　　　　　　　　　　　　　　　　• MP3-23.1

日語	中文	日語	中文
どちら ① 代	哪裡、哪個	こうちゃ 紅茶 ⓪ 名	紅茶
が 助	表示動作的主體	さ とう 砂糖 ② 名	砂糖
いい ① 形	好	ぎゅうにゅう 牛乳 ⓪／ ミルク ① 名 [milk]	牛奶
しょく じ 食事 ⓪ 名 自サ変	（吃）飯、（用）餐	き ないしょく 機内食 ② 名	機上餐點
わ ふう 和風 ⓪ 名	日本式	さかな 魚 ⓪／ フィッシュ ① 名 [fish]	魚肉
ようふう 洋風 ⓪ 名	西式	よう い 用意 ① 名 他サ変	準備

日語	中文	日語	中文
牛肉⓪／ビーフ①名 [beef]	牛肉	緑茶⓪名	綠茶
鶏肉⓪／チキン①②名 [chicken]	雞肉	ぶた肉⓪／ポーク①名 [pork]	豬肉
宜しい❸⓪形	「いい」的禮貌說法。好。	コーラ①名 [cola]	可樂
でしょう 連語	「だろう」的禮貌說法，表示推測性的判斷。委婉地表示疑問。	トマトジュース❹名 [tomato juice]	番茄汁
飲み物❸②名	飲料	オレンジジュース❺名 [orange juice]	柳橙汁
なさいます❹他五	動詞「なさる②」的ます形。動詞「なす①」、「する⓪」的敬語。做、幹。	リンゴジュース❹名	蘋果汁。蘋果「りんご⓪名」＋果汁「ジュース①名 [juice]」。
如何②副形動	如何、怎麼、怎樣	ビール①名 [bier オランダ]	啤酒
ましょうか 連語	接在動詞後面，表示要為對方做事，徵求對方同意，意思為「要不要幫你～」。	白ワイン❸名	白葡萄酒。白色「白①名」＋葡萄酒「ワイン①名 [wine]」。
コーヒー❸名 [coffee・koffie オランダ]	咖啡	赤ワイン❸名	紅葡萄酒。紅色「赤①名」＋葡萄酒「ワイン①名 [wine]」。

寫寫看：再聽一遍，將不熟的假名寫成羅馬拼音。

說說看：將單字念念看。

Lesson 13
Lesson 14
Lesson 15
Lesson 16
Lesson 17
Lesson 18
Lesson 19
Lesson 20
Lesson 21
Lesson 22
23 Lesson

2 句型：機艙點餐會話基本句

日語	中文
A と B とどちらが―――ですか。	A和B，哪個―――呢？
～で／～をお願いします。	請給我～。
～をください。	請給我～。

3 情境會話：

（1）點餐（餐點）　　　　　　　　　　　　　　● MP3-23.2

	日語	中文
問	① **お食事は、和風と洋風とどちらがいいですか。** ② **お食事は、牛肉と鶏肉とどちらがいいですか。**	① 餐點有日式和西式，您要哪一種呢？ ② 餐點有牛肉和雞肉，您要哪一種呢？
	① **お食事は、和風と洋風とどちらが宜しいでしょうか。** ② **お食事は、牛肉と鶏肉とどちらが宜しいでしょうか。**	同上（更客氣的說法）
答	① **洋風でお願いします。／洋風をお願いします。** ② **鶏肉でお願いします。／鶏肉をお願いします。**	① 請給我西式的。 ② 請給我雞肉。

（2）點餐（飲料）

• MP3-23.3

	日語	中文
問	① お飲物は何が宜しいでしょうか。	請問要什麼飲料呢？
	② お飲み物は何になさいますか。	請問要什麼飲料呢？
	③ お飲み物は如何しましょうか。	請問要什麼飲料呢？
	④ コーヒーと紅茶とどちらが宜しいでしょうか。	咖啡和紅茶，請問哪一個好呢？
答	コーヒーをお願いします。砂糖とミルクもください。	請給我咖啡。也請給我糖和牛奶。

小補充

詢問乘客餐點的另一種方式，希望進階的同學可以挑戰哦！

• MP3-23.4

日語	中文
A：機内食は何になさいますか。魚料理と牛肉料理の御用意があります。	A：請問要何種機上餐點呢？（今天）準備有魚和牛肉。
B：魚でお願いします。／魚をお願いします。	B：請給我魚。

小補充

乘客詢問有什麼飲料時的對話。

日語	中文
A：飲_のみ物_{もの}は何_{なに}がありますか。 B：コーヒー、紅茶_{こうちゃ}、それに緑茶_{りょくちゃ}がございます。 A：コーヒーをお願_{ねが}いします。	A：請問有什麼飲料呢？ B：有咖啡、紅茶和綠茶。 A：請給我咖啡。

綜合練習：請實際來一段機內餐點服務吧！

自我評量	
我能聽懂簡單日語的機內餐點。	😄 😊 😐 😬
我能用簡單的日語點機內餐點。	😄 😊 😐 😬
我能用簡單的日語進行機內餐點的服務。	😄 😊 😐 😬
我能記得住這個單元的單字。	😄 😊 😐 😬

自我紀錄：_____

13 Lesson
14 Lesson
15 Lesson
16 Lesson
17 Lesson
18 Lesson
19 Lesson
20 Lesson
21 Lesson
22 Lesson
23 Lesson

練習解答

考量到初學者，解答當中，羅馬拼音前者為依照五十音表或是參考電腦輸入的表記，後者則是一般日本政府或是護照使用的平文式（ヘボン式）的標法。另外，日本的站名或地名基本上雖然也用平文式的標法，但略有不同，為了方便喜歡旅遊的學習者，有不同的部分會列在第三個選項供進階學習者參考。

第 2 課

（一）台灣人最愛去的十大日本城市念法

日語	羅馬拼音
とうきょう 東京	to u kyo u ／ tokyo ／ tōkyō
おおさか 大阪	o o sa ka ／ osaka ／ ōsaka
きょう と 京都	kyo u to ／ kyoto ／ kyōto
おきなわ 沖縄	o ki na wa ／ okinawa
ふくおか 福岡	fu ku o ka ／ fukuoka
な ら 奈良	na ra ／ nara
な ご や 名古屋	na go ya ／ nagoya
かる い ざわ 輕井沢	ka ru i za wa ／ karuizawa
こう べ 神戸	ko u be ／ kobe ／ kōbe
さっぽろ 札幌	sa ppo ro ／ sapporo

（二）東京逛街區域念法

日語	羅馬拼音
しんじゅく 新宿	shi n ju ku ／ shinjuku
しぶ や 渋谷	shi bu ya ／ shibuya
はらじゅく 原宿	ha ra ju ku ／ harajuku
ぎん ざ 銀座	gi n za ／ ginza

日語	羅馬拼音
中目黒 <ruby>なか<rt></rt></ruby> <ruby>め<rt></rt></ruby> <ruby>ぐろ<rt></rt></ruby>	na ka me gu ro ／ nakameguro
代官山 <ruby>だいかんやま<rt></rt></ruby>	da i ka n ya ma ／ daikanyama ／ daikan-yama
池袋 <ruby>いけぶくろ<rt></rt></ruby>	i ke bu ku ro ／ ikebukuro
お台場 <ruby>だい<rt></rt></ruby> <ruby>ば<rt></rt></ruby>	o da i ba ／ odaiba
六本木 <ruby>ろっぽん<rt></rt></ruby> <ruby>ぎ<rt></rt></ruby>	ro ppo n gi ／ roppongi
吉祥寺 <ruby>きちじょう<rt></rt></ruby> <ruby>じ<rt></rt></ruby>	ki chi jo u ji ／ kichijoji ／ kichijōji
下北沢 <ruby>しもきたざわ<rt></rt></ruby>	shi mo ki ta za wa ／ shimokitazawa
高円寺 <ruby>こうえん<rt></rt></ruby> <ruby>じ<rt></rt></ruby>	ko u e n ji ／ koenji ／ kōenji
巣鴨 <ruby>す<rt></rt></ruby> <ruby>がも<rt></rt></ruby>	su ga mo ／ sugamo
秋葉原 <ruby>あき<rt></rt></ruby> <ruby>は<rt></rt></ruby> <ruby>ばら<rt></rt></ruby>	a ki ha ba ra ／ akihabara
合羽橋 <ruby>かっぱ<rt></rt></ruby> <ruby>ばし<rt></rt></ruby>	ka ppa ba shi ／ kappabashi

第 3 課

都道府縣	羅馬拼音
北海道 <ruby>ほっかいどう<rt></rt></ruby>	ho kka i do u ／ hokkaido ／ hokkaidō
青森県 <ruby>あおもりけん<rt></rt></ruby>	a o mo ri ke n ／ aomoriken
岩手県 <ruby>いわ<rt></rt></ruby> <ruby>て<rt></rt></ruby> <ruby>けん<rt></rt></ruby>	i wa te ke n ／ iwateken
宮城県 <ruby>みや<rt></rt></ruby> <ruby>ぎ<rt></rt></ruby> <ruby>けん<rt></rt></ruby>	mi ya gi ke n ／ miyagiken
秋田県 <ruby>あき<rt></rt></ruby> <ruby>た<rt></rt></ruby> <ruby>けん<rt></rt></ruby>	a ki ta ke n ／ akitaken
山形県 <ruby>やまがたけん<rt></rt></ruby>	ya ma ga ta ke n ／ yamagataken
福島県 <ruby>ふくしまけん<rt></rt></ruby>	fu ku shi ma ke n ／ fukushimaken
茨城県 <ruby>いばら<rt></rt></ruby> <ruby>き<rt></rt></ruby> <ruby>けん<rt></rt></ruby>	i ba ra ki ke n ／ ibarakiken
栃木県 <ruby>とち<rt></rt></ruby> <ruby>ぎ<rt></rt></ruby> <ruby>けん<rt></rt></ruby>	to chi gi ke n ／ tochigiken
群馬県 <ruby>ぐん<rt></rt></ruby> <ruby>ま<rt></rt></ruby> <ruby>けん<rt></rt></ruby>	gu n ma ke n ／ gummaken

都道府縣	羅馬拼音
埼玉県 さいたまけん	sa i ta ma ke n ／ saitamaken
千葉県 ち ば けん	chi ba ke n ／ chibaken
東京都 とうきょう と	to u kyo u to ／ tokyoto ／ tōkyōto
神奈川県 か な がわけん	ka na ga wa ke n ／ kanagawaken
新潟県 にいがたけん	ni i ga ta ke n ／ niigataken
富山県 と やまけん	to ya ma ke n ／ toyamaken
石川県 いしかわけん	i shi ka wa ke n ／ ishikawaken
福井県 ふく い けん	fu ku i ke n ／ fukuiken
山梨県 やまなしけん	ya ma na shi ke n ／ yamanashiken
長野県 なが の けん	na ga no ke n ／ naganoken
岐阜県 ぎ ふ けん	gi fu ke n ／ gifuken
静岡県 しずおかけん	shi zu o ka ke n ／ shizuokaken
愛知県 あい ち けん	a i chi ke n ／ aichiken
三重県 み え けん	mi e ke n ／ mieken
滋賀県 し が けん	shi ga ke n ／ shigaken
京都府 きょうと ふ	kyo u to fu ／ kyotofu ／ kyōtofu
大阪府 おおさか ふ	o o sa ka fu ／ osakafu ／ ōsakafu
兵庫県 ひょう ご けん	hyo u go ke n ／ hyogoken ／ hyōgoken
奈良県 な ら けん	na ra ke n ／ naraken
和歌山県 わ か やまけん	wa ka ya ma ke n ／ wakayamaken
鳥取県 とっとりけん	to tto ri ke n ／ tottoriken
島根県 しま ね けん	shi ma ne ke n ／ shimaneken
岡山県 おかやまけん	o ka ya ma ke n ／ okayamaken
広島県 ひろしまけん	hi ro shi ma ke n ／ hiroshimaken

都道府縣	羅馬拼音
山口県 やまぐちけん	ya ma gu chi ke n ／ yamaguchiken
徳島県 とくしまけん	to ku shi ma ke n ／ tokushimaken
香川県 かがわけん	ka ga wa ke n ／ kagawaken
愛媛県 えひめけん	e hi me ke n ／ ehimeken
高知県 こうちけん	ko u chi ke n ／ kochiken ／ kōchiken
福岡県 ふくおかけん	fu ku o ka ke n ／ fukuokaken
佐賀県 さがけん	sa ga ke n ／ sagaken
長崎県 ながさきけん	na ga sa ki ke n ／ nagasakiken
熊本県 くまもとけん	ku ma mo to ke n ／ kumamotoken
大分県 おおいたけん	o o i ta ke n ／ oitaken ／ ōitaken
宮崎県 みやざきけん	mi ya za ki ke n ／ miyazakiken
鹿児島県 かごしまけん	ka go shi ma ke n ／ kagoshimaken
沖縄県 おきなわけん	o ki na wa ke n ／ okinawaken

第 5 課	
日語	羅馬拼音
挨拶 あいさつ	a i sa tsu ／ aisatsu
おしぼり	o shi bo ri ／ oshibori
乾杯 かんぱい	ka n pa i ／ kampai
休憩 きゅうけい	kyu u ke i ／ kyukei
刺身 さしみ	sa shi mi ／ sashimi
寿司 すし	su shi ／ sushi
背広 せびろ	se bi ro ／ sebiro
注文 ちゅうもん	chu u mo n ／ chumon

日語	羅馬拼音
檜 （ひのき）	hi no ki ／ hinoki
弁当 （べんとう）	be n to u ／ bento
りんご	ri n go ／ ringo
わさび	wa sa bi ／ wasabi
カタログ	ka ta ro gu ／ katarogu
ガス	ga su ／ gasu
クリーム	ku ri i mu ／ kurimu
スリッパ	su ri ppa ／ surippa
トマト	to ma to ／ tomato
トラック	to ra kku ／ torakku
ドライバー	do ra i ba a ／ doraiba
ネクタイ	ne ku ta i ／ nekutai
ハンドル	ha n do ru ／ handoru
バッテリー	ba tte ri i ／ batteri
パスポート	pa su po o to ／ pasupoto
パン	pa n ／ pan
ビール	bi i ru ／ biru
ホース	ho o su ／ hosu
ライター	ra i ta a ／ raita
ラジオ	ra ji o ／ rajio

第 6 課

（一）抵達機場

日語	羅馬拼音
空港 （くうこう）	ku u ko u ／ kuko
案内 （あんない）	a n na i ／ annai

日語	羅馬拼音
搭乗口 （とうじょうぐち）	to u jo u gu chi ／ tojoguchi
国内線 （こくないせん）	ko ku na i se n ／ kokunaisen
国際線 （こくさいせん）	ko ku sa i se n ／ kokusaisen
時刻表 （じこくひょう）	ji ko ku hyo u ／ jikokuhyo
出発便 （しゅっぱつびん）	shu ppa tsu bi n ／ shuppatsubin
到着便 （とうちゃくびん）	to u cha ku bi n ／ tochakubin
便名 （びんめい）	bi n me i ／ bimmei

（二）辦理手續

日語	羅馬拼音
旅客ターミナル （りょきゃく）	ryo kya ku ta a mi na ru ／ ryokyakutaminaru
チェックイン カウンター	che kku i n ka u n ta a ／ chiekkuinkaunta
入国審査場 （にゅうこくしんさじょう）	nyu u ko ku shi n sa jo u ／ nyukokushinsajo
出国審査場 （しゅっこくしんさじょう）	shu kko ku shi n sa jo u ／ shukkokushinsajo
パスポート審査 （しんさ）	pa su po o to shi n sa ／ pasupotoshinsa
ビザ	bi za ／ biza
フライト スケジュール	fu ra i to su ke ju u ru ／ furaitosukejuru

1. 數字和歲數

歲數	羅馬拼音
1 歲 いっ さい	i ssa i ／ issai
2 歲 に さい	ni sa i ／ nisai
3 歲 さん さい	sa n sa i ／ sansai
4 歲 よん さい	yo n sa i ／ yonsai
5 歲 ご さい	go sa i ／ gosai
6 歲 ろく さい	ro ku sa i ／ rokusai
7 歲 なな さい	na na sa i ／ nanasai
8 歲 はっ さい	ha ssa i ／ hassai
9 歲 きゅう さい	kyu u sa i ／ kyusai
10 歲 じゅっ さい	ju ssa i ／ jussai
何歲 なんさい	na n sa i ／ nansai

3. 職業、身分、國籍

日語	羅馬拼音
学生 がくせい	ga ku se i ／ gakusei
教師 きょう し	kyo u shi ／ kyoshi
会社員 かいしゃいん	ka i sha i n ／ kaishain
キャビン アテンダント	kya bi n a te n da n to ／ kyabinatendanto
大学生 だいがくせい	da i ga ku se i ／ daigakusei
高校生 こうこうせい	ko u ko u se i ／ kokosei
中学生 ちゅうがくせい	chu u ga ku se i ／ chugakusei
小学生 しょうがくせい	sho u ga ku se i ／ shogakusei

日語	羅馬拼音
<ruby>台湾人<rt>たいわんじん</rt></ruby>	ta i wa n ji n ／ taiwanjin
<ruby>日本人<rt>にほんじん</rt></ruby>	ni ho n ji n ／ nihonjin

第 9 課

2. 單字

日語	羅馬拼音
タピオカミルクティー	ta pi o ka mi ru ku thi i ／ tapiokamirukutei
<ruby>時計<rt>とけい</rt></ruby>	to ke i ／ tokei
ノート	no o to ／ noto
テキスト	te ki su to ／ tekisuto
かばん	ka ba n ／ kaban
<ruby>帽子<rt>ぼうし</rt></ruby>	bo u shi ／ boshi
<ruby>本<rt>ほん</rt></ruby>	ho n ／ hon
<ruby>鉛筆<rt>えんぴつ</rt></ruby>	e n pi tsu ／ empitsu
<ruby>消<rt>け</rt></ruby>しゴム	ke shi go mu ／ keshigomu
<ruby>雑誌<rt>ざっし</rt></ruby>	za sshi ／ zasshi
<ruby>携帯電話<rt>けいたいでんわ</rt></ruby>	ke i ta i de n wa ／ keitaidenwa
<ruby>辞書<rt>じしょ</rt></ruby>	ji sho ／ jisho
コンピューター	ko n pyu u ta a ／ kompyuta
ボールペン	bo o ru pe n ／ borupen
お<ruby>湯<rt>ゆ</rt></ruby>	o yu ／ oyu
<ruby>水<rt>みず</rt></ruby>	mi zu ／ mizu
おにぎり	o ni gi ri ／ onigiri
お<ruby>茶<rt>ちゃ</rt></ruby>	o cha ／ ocha

日語	羅馬拼音
シャープペンシル	sha a pu pe n shi ru ／ shapupenshiru
学校	ga kko u ／ gakko
教室	kyo u shi tsu ／ kyoshitsu
窓	ma do ／ mado
机	tsu ku e ／ tsukue
椅子	i su ／ isu
ドア	do a ／ doa
新聞	shi n bu n ／ shimbun
ホッチキス	ho cchi ki su ／ hotchikisu
手帳	te cho u ／ techo

第 19 課

綜合練習 1

1.　① 帰ります　② 来ません

2.　① 行きました　② どこへも行きませんでした

綜合練習 2

① 昨天台北下雨。きのう、台北は雨でした。

② 以前，這裡是公園。昔、ここは公園でした。

③ 他是英語老師（過去式）。彼は英語の先生でした。

④ 今天的午餐不是飯糰。
　　今日のお昼はおにぎりではありませんでした。

⑤ 已經 5 點了，（要）回家。もう 5 時です。帰ります。

⑥ 明年去日本嗎？来年日本へ行きますか。

⑦ 昨天念書了。きのう、勉強しました。

⑧ 前天放假／休假哦！おととい、休みでした。

⑨ 高中的時候，雖然努力念書，但還是（搞）不懂。
高校のとき、一生懸命勉強しても、分かりませんでした。

⑩ A：早上出發了嗎？朝、出発しましたか。

　 B：沒有，沒有出發。いいえ、出発しませんでした。

第 20 課

綜合練習

① 上個月我和哥哥搭船去沖繩。
先月、（私は）兄と船で沖縄へ行きました。

② 後天（我）一個人要搭 ANA552 班機去日本。
あさって、一人で ANA ５５２便で日本へ行きます。

③ 她上個星期天和朋友搭電車去台北。
先週の日曜日彼女は友達と電車で台北へ行きました。

④ 姐姐每天騎腳踏車來上學。
姉は毎日自転車で学校へ来ます。

⑤ 下個星期五和弟弟搭高鐵（台灣新幹線）去高雄。
来週の金曜日、弟と台湾新幹線で高雄へ行きます。

⑥ 你要和妹妹搭巴士去機場嗎？
妹とバスで空港へ行きますか。

⑦ 他每天走路來上學。
彼は毎日歩いて学校へ来ます。

⑧ 鈴木小姐明天搭渡輪去北海道。
鈴木さんは明日フェリーで北海道へ行きます。

⑨ 我去年和雙親搭飛機去了美國。
去年、私は両親と飛行機でアメリカへ行きました。

⑩ 下個月你和誰去花蓮呢？
来月誰と花蓮へ行きますか。

第21課

綜合練習

① 請給我熱水。お湯をください。

② 請給我自動鉛筆。シャープペンシルをください。

③ 請給我那個（遠的）包包。あのかばんをください。

④ 請給我那個（近的）手機。その携帯電話をください。

⑤ 請給我那個（遠的）法國的化妝品。あのフランスの化粧品をください。

⑥ 請給我那個（近的）巧克力蛋糕。そのチョコレートケーキをください。

⑦ 請給我那個（近的）瑞士的手錶。そのスイスの時計をください。

⑧ 請給我1杯葡萄酒。ワインを 1 杯ください。

⑨ 請給我5個飯糰。おにぎりを 5 つ（5個）ください。

⑩ 請給我3個日本蘋果。日本のりんごを 3 個（3 つ）ください。

A：那個（近的）便當多少錢？そのお弁当はいくらですか。

B：500日圓。５００円です。

A：那麼，請給我1個。では、それを 1 つください。

B：好的，謝謝。はい、ありがとうございます。

綜合練習

① 吃飯（現在式）。ご飯を食べます。

② 喝果汁（現在式）。ジュースを飲みます。

③ 聽音樂（現在式）。音楽を聞きます。

④ 打電話（現在式）。電話をかけます。

⑤ 上個月看了電影。先月、映画を見ました。

⑥ 寫了報告。レポートを書きました。

⑦ 午飯吃了法國料理。昼ご飯は、フランス料理を食べました。

⑧ 下個星期做義大利料理。来週、イタリア料理を作ります。

⑨ 什麼也沒吃。何も食べませんでした。

⑩ 之後來拍照。後で写真を撮ります。

⑪ 今天晚上要看書。今晩、本を読みます。

國家圖書館出版品預行編目資料

誰都學得會的航空‧旅遊日語 / 陳姿菁著
-- 初版 -- 臺北市：瑞蘭國際, 2021.12
136面；19 x 26公分 -- （日語學習系列；60）
ISBN：978-986-5560-43-0（平裝）
1.日語 2.航空運輸 3.讀本

803.18   110016095

日語學習系列 60

誰都學得會的航空‧旅遊日語

作者｜陳姿菁
責任編輯｜葉仲芸、王愿琦
校對｜陳姿菁、葉仲芸、王愿琦

日語錄音｜彥坂春乃、後藤晃
錄音室｜采漾錄音製作有限公司
封面設計｜劉麗雪、陳如琪
版型設計｜劉麗雪
內文排版｜陳如琪
十二星座插畫｜Ruei Yang

瑞蘭國際出版
董事長｜張暖彗・社長兼總編輯｜王愿琦
編輯部
副總編輯｜葉仲芸・副主編｜潘治婷・副主編｜鄧元婷
設計部主任｜陳如琪
業務部
副理｜楊米琪・組長｜林湲洵・組長｜張毓庭

出版社｜瑞蘭國際有限公司・地址｜台北市大安區安和路一段104號7樓之一
電話｜(02)2700-4625・傳真｜(02)2700-4622・訂購專線｜(02)2700-4625
劃撥帳號｜19914152 瑞蘭國際有限公司
瑞蘭國際網路書城｜www.genki-japan.com.tw

法律顧問｜海灣國際法律事務所　呂錦峯律師

總經銷｜聯合發行股份有限公司・電話｜(02)2917-8022、2917-8042
傳真｜(02)2915-6275、2915-7212・印刷｜科億印刷股份有限公司
出版日期｜2021年12月初版1刷・定價｜380元・ISBN｜978-986-5560-43-0